Walt Disney Lustiges Taschenbuch

CRIME 1

IMPRESSUM © Disney Enterprises, Inc. 2023, Walt Disney Lustiges Taschenbuch Crime erscheint sechsmal im Jahr bei Egmont Ehapa Media GmbH, Ritterstraße 26, 10969 Berlin I **Geschäftsführer** Per Gustav Kjellander I **Editorial Director** Marko Andric (v.i.S.d.P.) I **Marketing & Kooperationen** Jörg Risken (Publishing Director) j.risken@egmont.de, Nora Gollek (Head of Marketing) n.gollek@egmont.de, Christoph Bergholz (Senior Product Manager) c.bergholz@egmont.de I **Redaktion** Johanna Hölzler I **Druck** GGP Media GmbH, Karl-Marx-Straße 24, 07381 Pößneck I **Anzeigenverkauf** Per Gustav Kjellander (verantwortlich) I **Head of Media Sales** Dirk Eggert I **Freie Mitarbeiter dieser Ausgabe** Peter Höpfner (Petit Media), Manuela Buchholz, Petra Müller, Gudrun Penndorf, Susanne Walter (Übersetzungen), Sigi Hepner, Ursula Ries, Steffen Uzler (Grafik), Kai Richter (Lektorat) I **Kontakt Walt Disney Publishing** Susanne Michels I Die Redaktion arbeitet auf Grundlage der neuen amtlichen Rechtschreibregeln und hält sich bei Auswahlfällen an die vom Duden bevorzugte Schreibweise. I

www.lustiges-taschenbuch.de
www.egmont-mediasolutions.de
www.egmont.de

EGMONT Ehapa Media

story house EGMONT

FSC MIX Papier FSC® C014496

SERVICE-BOX

LTB im Abo - www.egmont-shop.de/ltb-lesen

Leserservice Lustiges Taschenbuch-Leserservice, 20086 Hamburg, E-Mail: info@egmont-service.de, Tel. 030-99194680, Fax 030-99194681 (reguläre Gesprächsgebühren für einen Anruf im deutschen Festnetz gemäß Ihrem Anbieter und Tarif)

LTB Crime verpasst?
www.egmont-shop.de/ltb-crime

Wo gibt es LTB Crime am Kiosk?
www.mykiosk.com

LTB Crime als eComic?
Erhältlich z. B. im AppStore, bei Google play, Amazon etc.

Viele weitere tolle Comic-Angebote:
www.egmont-shop.de

INHALT

EDITORIAL

LIEBE SPÜRNASEN,

mit straff gespanntem Spannungsbogen und einem genialen Kollektiv an grandiosen Ermittlern rund um Kommissar de Mauss, Auguste Duckpin und den Ducksch´schen Geheimdienst, haben Schurken kein leichtes Spiel in dieser Ausgabe des LTB Crime. Doch die Mannschaft ist damit noch lange nicht komplett: Mit dabei sind auch Inspektor Issel und Steinbeiß, die nicht lange im Dunkeln tappen und ein geheimes Waffenlager „hochgehen" lassen. Nach dem bombastischen Fund gilt es nun, den Kopf der Schmugglerbande im sonnigen Texas zu ermitteln ...

Dussel seinerseits bewirbt sich bei der Motorradstreife der Polizei – und seinen Lieblingscousin Donald meldet er auch gleich mit an. Den ersten Fall versuchen sie ganz im Sinne ihrer Lieblingskrimiserie zu lösen. Doch was ist besser: reale Verbrecher zu schnappen oder die Flimmerkiste einzuschalten?

Um einfach mal abzuschalten, reisen Micky und Minnie nach London und klappern dabei die schönsten Sehenswürdigkeiten ab. Im berühmten Tower bedient sich ausgerechnet dann ein Meisterdieb an den königlichen Juwelen und Micky gerät ins Visier der Polizei. Entspannter Urlaub sieht anders aus, doch das Mäuseduo hat keine andere Wahl, als den wahren Gauner zu finden, um Mickys Unschuld zu beweisen!

In Entenhausen läuft es ähnlich düster. Ein Journalist bedroht Dagobert Duck, sodass diesem keine Wahl bleibt, als den Duck`schen Geheimdienst zu alarmieren. Mithilfe von Daniel Düsentrieb wollen die Agenten Donald und Dussel hoch hinaus, um den Erpresser zu stellen. Der Weg ist zwar bekanntlich das Ziel, in diesem Fall ist der Weg aber eher ziellos ...

Erfolgreiche Ermittlungen und den richtigen Riecher wünscht,

die LTB-Redaktion

Created 2016

Riccardo Secchi (Story), **Libero Ermetti** (Zeichnungen)

Guten Tag, Sie sind mein erster Kunde. Wie kann ich helfen?
Ich werde Ihnen helfen!
Ach ja? Und wie das?
Nun zunächst mal rate ich zu einer neuen Brille für mehr Durchblick.
K. G. KLEVERTON
EXKLUSIVE DARLEHEN • AN- UND VERKAUF JEDWEDER GÜTER
KLEVERE KREDITE
KRÄMER
Taler Taler Taler
SCHULE
Ich bin Klaas Gordon Kleverton, und das da ist mein Kontor.
Oha...
Na schön, und?
Sie sind gut beraten, mir geschäftlich nicht in die Quere zu kommen!
Was Sie nicht sagen! Sie sehen mir aber nicht nach Konkurrenz aus!
Aber Sie mir nach einem Großmaul!
MORGEN GROSSE ERÖFFNUNG

Wie ich sehe, haben Sie Ihre Geschäftsräume elegant möbliert. Wenn Sie Hochwertigeres suchen, würde ich es auf der hiesigen Müllhalde versuchen.
Da haben Sie wohl Ihres her?
Nun, ich wollte nur helfen, aber ein ungehobelter Geizkragen wie Sie ist ohnehin dem Ruin geweiht.
Schnaub!
Alles Gute, McDuck. Ihnen steht sicher ein enormer Ansturm ins Haus!
Ihnen wird das Lachen schon noch vergehen!
Grummel... so ein Miese-peter.
Am Tag darauf...
Ich verstehe nicht, warum niemand kommt!
Mein Angebot ist doch das beste der Stadt!
Kicher...
AUF ALLES 10 % WENIGER ALS BEI KLEVERTON

Hihihi!
Prust!
Was kichern die denn alle?
Vermutlich steht etwas in der Zeitung…
Haha!
Erlauben Sie, mich auch zu amüsieren?
Huch…
GRABSCH
Ah, das ist die Schmonzette von diesem Angeber.
„Wer seine Ersparnisse in den Sand setzen will, sollte sie bei McDuck investieren, der heute in dieser Stadt sein Geschäft für alle Glücklosen eröffnet…“
KLEVERTONS GAZETTE
McDuck: Pechvogel oder Pleitegeier?

Hier will jemand Krieg. Na schön!
Und so…
Es ist alles vorhanden, um eine Zeitung zu drucken…
DRUCKEREI
GESCHÄFTS-AUFGABE MANGELS KUNDEN
Das ist die letzte Ausgabe, die wir gedruckt haben.
Und erst kürzlich, wie ich sehe!
Ludwig XV. wird König
Das nicht gerade, aber Klevertons Konkurrenz hat uns in die Knie gezwungen, sodass wir schließen mussten.
Nun, jetzt bin ich ja da!
Und hier haben wir unsere Druckerpresse. Sie stammt noch aus der Ära von Duckenberg, ein Maschinchen für die Ewigkeit. Sie muss nur abgestaubt werden…
Sehr schön! Und wer ist das da?

Unser Faktotum. Ich erlaube ihm herzukommen, auch wenn es mal nichts zu tun gibt, also täglich.
Er heißt Edgar Allan Duckoe, in ihm schlummert ein Dichter.
Wenn mir nur jemals die richtige Eingebung zuteil werden sollte…
Nun, gegen das Schlummern werden wir etwas tun, hihi!
Die Artikel verfasse ich, und du kümmerst dich um das Setzen und Drucken.
Wenn Sie meinen!
Und für Sie ist das hier!
Danke! Ihnen ist hoffentlich bewusst, dass Sie in ein bankrottes Geschäft investieren.
Keine Sorge, ich habe ein gutes Händchen für Geschäfte.
Und so…
So, hier ist der Leitartikel für die erste Ausgabe der Ducks Depesche.
Aber… wo sind die anderen Nachrichten?
Kannst du denn nichts alleine? Nimm dir, was du brauchst, von Klevertons Gazette.
Soll ich das abkupfern?

Nein, wir kupfern nicht ab, sondern veredeln das Ganze. Und du hast selbst gesagt, dass es dir an Ideen mangelt.
Seufz! Stimmt!
Und keine Fehler, bitte! Dieser Halsabschneider soll schwarz auf weiß lesen können, was ich von ihm halte.
Ist recht, Herr Verleger!
Tags drauf…
Ducks Depesche… Kauft Ducks Depesche…
Ich nehme eine Zeitung!
DUCKS DEPESCHE
Hihi!
Hahaha!
Köstlich!
K. G. KLEVERTON
Zum Kugeln…
Grmpf!
Hehehe!

„Durchtriebener Dieb, dämlicher Druckfehler, dilettantische Dumpfbacke – so ließe sich K. G. Kleverton allein durch den Buchstaben ‚D‘ beschreiben.“
Kicher…
Lachen Sie, Anwantzer?
Das würde ich mir nie erlauben, Sir!
Apropos „D“: So ein dummdreister Depp! Glaubt wohl, er könne mich lächerlich machen. Ha, die Leute hier sind auf meiner Seite!
HA HA HA
S-sicher doch, Sir!
Er rechnet sicher mit einer Antwort auf sein Geschwafel. Und wenn er ein Wortgefecht will, dann…
…bin ich dabei! Und Sie sind mein Adjutant!
SCHNIPP
Wie das, Sir?

Das erfahren Sie zu gegebener Zeit. Jetzt schreibe ich erst mal einen gepfefferten Artikel für die Ausgabe von…
„…morgen!“
Druckfrisch… Klevertons Gazette…
Haha!
Toll!
Hier die Gazette… Gähn…
Gib her und schlaf nicht ein!
Leicht gesagt! Mit diesem alten Ding eine Zeitung zu drucken, ist mehr als ermüdend.
Pff, Jammerlappen!
Grummel… „Bei der Lektüre von McDucks Ergüssen drängt sich der Verdacht auf, dass ihm nur ein Wörterbuch mit dem Buchstaben D zur Verfügung steht. Was angesichts seines grenzenlosen Geizes niemanden verwundern dürfte!“
KLEVERTONS GAZETTE
Hm, vielleicht hätte ich wenigstens noch einen Vokal kaufen sollen.
WÖRTERBUCH D

Aber egal! Ich werde diesem Klatschmaul Kleverton eine Lektion verpassen, die sich gewaschen hat!
Zzz
Aufwachen, Faulpelz!
Ist gut!
RUMMS
Gehen wir zum Gegenangriff über! Bist du bereit? Und ich akzeptiere nur ein Ja!
Genau das wollte ich gerade sagen…
Sehr gut! Dann an die Arbeit!
Auf dem Weg…
Es wird spät…
DRUCKEREI

Ah, da ist er ja!
Gähn! Die Presse ist bereit!
Ein kleines Nickerchen, bevor ich mit dem Drucken beginne… Zehn Minuten, und ich bin gleich wieder voller Tatendrang…
…und Ideen… **Schnurchel…**
Das ist die Gelegenheit!
Ratz…
Süße Träume!
Zzzz…

Am nächsten Morgen…
Xucks Xepesche… Kauft Xucks Xepesche!
?
?
?
XUCKS XEPESCHE
Hahaha! Das ist zu komisch!
Hört euch das an…
„Xenkfähigkeit, Xetailgenauigkeit und Xruckqualität gehören offenbar nicht zur xilettantischen Xichtkunst xes Aufschneixers Kleverton…“
Hehe, nicht zu glauben!
Absolut peinlich!
Diesem Möchtegern-Geschäftsmann habe ich es aber gezeigt!
Sie sind einfach zu clever, Herr Kleverton!
Erzählen Sie uns alles!
Nun, ich hatte ihm vorgeworfen, vor allem Wörter mit „D“ zu verwenden. Offenbar hat er nicht alle Buchstaben beisammen, und sein Setzer war so einfallsreich…

…das D durch ein X zu ersetzen: die Geburtsstunde für diese erstklassige Xucks Xepesche.
Genial!
Dieser Schriftsetzer ist ja ein Filou. Wie heißt der Mann?
Ich glaube, Edgar Allan…
…Xuckoe!
Hahaha!
Schluck!
Besser, ich lasse mich eine Weile nicht blicken.
McDuck scheint abgetaucht. Er ist sicher außer sich wegen dieses X-Malheurs.
TEESTUBE
Derweil fange ich mit einer neuen Erzählung an…
DRUCKEREI
…vielleicht!

Tage später...
Pah! Nichts als ein paar mickrige Zeilen...
Besser, ich verbanne sie in mein persönliches Archiv.
Fol-ge-mir!
Komm-mit!
Ein sprechender Rabe?
Be-weg-dich!
Höchst seltsam! Warum er wohl gerade zu mir kommt?
Der zischt aber ab. **Schnauf...**
Huuh! Welch düsterer Ort!

Wir sind am Ziel, scheint mir!
Halt!
Uack!
McDuck! Ich habe mich schon gefragt, wo Sie stecken.
Ich stecke ganz sicher nicht fest. Komm mit!
Also…
Interessant, oder? Ich habe ihn bei einem Erfinder gekauft.
Durch dieses Drahtgebilde da kann ich Gesprochenes aufnehmen. Nützliche Sache!
Fol-ge-mir!

Auf diese Weise habe ich Interessantes über Kleverton und seine Geschäfte zutage gefördert.
„Dieser Gauner wird morgen einen Vertrag mit Gustave Gainsbourg unterzeichnen, ein Glückspilz, der ein Stück Land in der Lotterie gewonnen hat und dort auf eine Goldmine gestoßen ist."
Aber dieses Geschäft werde ich ihm vermasseln, und du wirst mir dabei helfen, mein lieber Duckoe. Denk nur, welch Stoff für einen Roman…
So? Nun, aber… ist das riskant?
Aber nicht doch! Ein Kinkerlitzchen!
Am nächsten Tag…
Kleverton, welch Vergnügen, Sie zu sehen!
Oh, der große Geschäftsmann! Ich dachte, Sie hätten nach diesem Xebakel die Stadt verlassen.
Nun, in diesem einen Fall waren Sie tatsächlich der glückliche Gewinner!
Ich hatte es Ihnen ja gesagt! Aber Einsicht ist ein erster Schritt!
Verzeihung, Mister McDuck, aber die Fässer mit Blubberlutsch sind eingetroffen.
!
Danke, mein Lieber!

Habe ich recht gehört? Sagte er Blubberlutsch?
Ja, nicht leicht zu beschaffen, aber wenn, dann scheue ich weder Kosten noch Mühe. Mögen Sie die Limonade etwa auch?
Ich muss gestehen, ja!
Dann schenke ich Ihnen gern ein Fass, als Zeichen des Friedens.
Nun, ich habe allerdings eine wichtige Verabredung…
Aber dem großen Kleverton läuft doch keiner davon…
Kutsche!
Und so…
In dieser Villa hüte ich meinen Vorrat. Bitte kommen Sie herein!
D-danke!
Und wo lagern die Fässer mit Blubberlutsch?
Im Keller natürlich!

Wie Sie wissen, ist die richtige Lager-Temperatur ganz entscheidend.
Natürlich!
Welch ein gespenstischer Ort!
Aber nicht doch, mein Freund!
Wir sind gleich da!
Nach Ihnen, bitte!
Na endlich!
Ähm… hallo…
He, was soll das?
Dumme Frage!

Ganz einfach, ich schnappe Ihnen ein glänzendes Geschäft vor der Nase weg, Verehrtester.
Grr! Strauch-diebe!
Darf ich um die Händchen bitten?
Hah! Bei dem Wort „schenken“ hätten Ihnen Zweifel kommen müssen!
Das hat ein Nachspiel, McDuck!
Spielen Sie nur weiter den Prahlhans! Ich hoffe, Sie vermissen hier sämtliche Annehmlichkeiten!
Schnaub!
Ganz schön kalt hier unten!
Wenig später…
Auf Kleverton ist offensichtlich kein Verlass, da er es nicht einmal für nötig hält, hier zu erscheinen.
Allerdings gilt er hierzu-lande als der vertrauens-würdigste Geschäfts-mann!
Das halte ich für ein Gerücht. Kleverton ist doch ein Aufschneider. Aber kommen wir zum Geschäft: Hier ist mein Angebot.
Deutlich weniger verlockend als das von Kleverton.

Aber gut, in der Zwischenzeit habe ich ja noch zwei weitere Goldminen gewonnen.
Ausgezeichnet!
Sie haben ein sehr gutes Geschäft gemacht!
Wenn Sie das sagen…
Geschafft!
Kehren wir zu unserem Großschnabel zurück. Ich freue mich darauf, sein Gesicht zu sehen.
Und ich sehe es schon!
Hallöchen, zerlumpter Zylinderhut!
Schluck! Sie hier?
Tja, Ihr Gehilfe knüpft so schlecht Knoten wie er Buchstaben setzt. Nur beim Schreiben unterbietet er dieses Können noch.
Hups… Verzeihung!
Schnaub!

Du bist entlassen!
Adieu!
Huch!
Ich vergaß Ihnen zu sagen, dass ich bei den Flaschen in Ihrem Keller eine sehr interessante Sache gefunden habe.
Und das wäre?
Ein Manuskript, das sehr detailreich von einem unglaublichen Fundstück berichtet. Also, leben Sie wohl! Am Hafen wartet ein Schiff auf mich…
!
Vielen Dank für alles!
Sie Gauner!
Steh auf! Du bist wieder im Dienst!
Los, schnell, wir müssen sofort zum Hafen!
Sicher, ich eile!
Das Wettrennen zwischen McDuck und Kleverton liegt in Edgars Händen. Doch davon ahnt er noch nichts. Er wird es erst in wenigen Seiten entdecken!
Ende des ersten Teils!

Created 2016

Riccardo Secchi (Story), **Libero Ermetti** (Zeichnungen)

Grrr! Und dieser Schurke ist selbst gerade fröhlich in See gestochen…
Wobei hier noch ein Schiff vor Anker liegt, an das sich sogar Kleverton nicht range- traut hat.
K
Hier ist es!
Schluck!
Der Kahn ist verhext! Das weiß hier jeder. Lassen Sie die Finger davon!
Mumpitz, Schiff ist Schiff und dieses bietet zudem einen großen Vorteil!
Und der wäre?
Wir kriegen es gratis. Ab an Bord!
SCHWARZE KATZE
Auf hoher See…
Hehe, dieser Rückenwind ist ein ausgezeichnetes Omen. Siehst du schon was?
Nein, nichts! Klevertons Schiff ist noch immer weit weg.

Ha, früher oder später holen wir ihn ein…
Seltsam, der Wind hat urplötzlich nachgelassen!
Und der Kompass spielt verrückt!
Unheimliche Atmosphäre! Plötzlich macht sich eine Stille breit, wie ich sie noch nie gehört habe.
Ich glaube allerdings, ich höre da etwas…
Da! Was ist das?
Hört sich geradezu an wie ein…
TU-TUM
TU-TUM
TU-TUM
…schlagendes Herz!
?
TU TUM
TU TUM
TU TUM
Ich hab's doch gesagt, das Boot ist verhext!
So ein Unsinn. Bleib ruhig!
TU TUM TU TUM

Es wird immer lauter! **Aaargh!**
TUTUMTUTUMT
Ahoi, Freunde!
Wer bist du denn?
?
TU-TUM
Matrose Dussel. Schiffsexperte! Ich habe auf der Schwarzen Katze Quartier bezogen, bis sie mal wieder ablegt.
Ein Experte, den die gesamte Crew unter Deck zurücklässt?
Also kommt das Hämmern von deinem Stock da?
Das da ist meine Angel. Ich weiß nicht, wie es euch geht, aber ich könnte einen Happen vertragen.
Stimmt, wir haben überhaupt keinen Proviant an Bord!
KNURR
Wie kann sich jemand nur mit dieser Schabracke auf See wagen? Erstaunlich, dass sie noch nicht gesunken ist!
Dein Optimismus ist beflügelnd!
Keine Sorge, ich kenne das Meer wie meine Westentasche. Diese herrliche Flaute hält noch…

...eine Weile an!
DONNER
Genug geschwafelt!
Haltet euch fest!
Ich habe noch nie so eine tosende Flaute erlebt!
Seht nur, da ist Klevertons Schiff!
Es reitet auf den Wellen. So etwas habe ich noch nie gesehen!
Schluck! Ich auch nicht!

Das heißt, uns steht das Allerfurchtbarste bevor…
Was faselt du jetzt wieder?
Wir befinden uns am Rande eines Strudels, eines schrecklichen Mahlstroms!
Röchel! Ich sehe ihn!

Da vorn sind Schiffbrüchige!
Helfen wir ihnen!
Schnell hier rauf!
Sie kenn ich doch!
Sie sind der Gehilfe von Kleverton. Wo ist der alte Gauner?
Er wollte auf dem Schiff bleiben!
Aber das wäre sein Untergang!
Dann erweisen wir unserem Widersacher, diesem gemeinen und obendrein unausstehlichen Halsabschneider, hiermit unsere letzte Ehre!
Wir haben ihn angefleht, sich zu retten, aber er wollte die Kiste nicht zurücklassen.
Welche Kiste?
Er hat sie bei den Bermudas an Bord genommen. Niemand außer ihm weiß, was drin ist… und er hütet sie wie seinen Augapfel!

Komm mit! Sofort!
Im Ernst jetzt?
Freilich! Willst du den geheimnisvollen Schatz etwa diesem Tunichtgut überlassen?
Schade, die beiden waren ganz nett!
Hilfe, der Mahlstrom zieht uns in die Tiefe!
Kleverton sind Sie noch an Bord?
Buhuuuh!
Binden Sie sich am Seil fest!

Hoffentlich hat dieser Blindfisch das kapiert!
Hoppla! Mister McDuck…
KRACKS
…wir haben ein neues Problem!
Oweia!
Das hättest du verhindern müssen!
Geschafft! Das ist vielleicht meine Ret…
…tuuuuung!

...
Autsch!
Das ist meine!
Keineswegs, es ist meine!
Ich habe die Kiste gefunden, also gehört sie mir.
Aber ohne mich würden Sie und Ihre Kiste nicht hier am Strand sein, sondern auf dem Meeresboden. Ich habe Anspruch auf Vergütung!
!

Nur die Ruhe, meine Herren! Sie haben beide berechtigte Ansprüche. Warum teilen Sie nicht das, was in der Kiste ist?
Weil man es nicht teilen kann!
Das ist doch Unfug! Öffnen Sie die Kiste!
Nun, dann beweise ich es Ihnen!
Bitte sehr, Sie ungläubiger Gierschlund!
!
Was? Das ganze Theater für einen Stein!
Ihre Beschränktheit wird ja nur durch Ihren Geiz übertroffen. Das hier ist ein Stein der Weisen, und er kann jedes Metall in Gold verwandeln.
So steht es in der Handschrift, die ich bei Ihren Flaschen im Keller gefunden habe.
Hm, darf ich mal sehen?
Nur zu, wir brauchen es ja nicht mehr.
Schluck! Ich habe schlechte Nachrichten…

Also… Das da ist ein Ausschnitt aus einer meiner missglückten Erzählungen. Der Stein ist völlig wertlos.
Grrr!
Nur ein Schwach-kopf wie Sie konnte darauf reinfallen!
Sie sind genauso reingefallen, Sie Möchtegernpirat!
Adieu, du fades Mineral!
Seufz!
Okay…
Dann marsch, marsch! Die da oben können uns sicher sagen, wo wir hier sind.
Hoffen wir es!
Also…
Welch Luxus! In diesem verwahrlosten Aufzug werden sie uns zum Seeteufel jagen.
Überlasst mir die Konversation!
Dann sind wir ja so gut wie gerettet!

Zum Gruße, wir…
Bitte, meine Herren, kommen Sie herein!
Man hat mich natürlich sofort erkannt. Schließlich bin ich der bedeutendste Unternehmer des Landes!
Angeber!
Ah, hinreißend diese Landstreicher-Kostümierung!
Haha, stimmt, man hat Sie erkannt!
Nun, mit einem solchen Hausherrn kann man sicher prächtige Geschäfte machen.
Wenn dem so ist, mache ich sie.

Welch aberwitziges Motiv könnte es dafür geben?
Das will ich Ihnen gern veranschaulichen!
Pah, mir reicht's!
Dieses Haus ist ein Labyrinth!
Da unten ist vielleicht die Küche. Ich weiß gar nicht, wann ich zuletzt was zu beißen hatte.
Halloho… darf ich?
RIITSCH
?

RAAATSCH
Hilfe!
Wer ist da?
T-tagchen!
Euer origineller Aufzug verrät mir, dass Ihr Gast des Festes seid.
Ich… ja, stimmt! Ich bin Edgar Allan Duckoe.
Und ich bin Prospero, der Herr des Hauses.
Nun dann... Sehr erfreut!
Ganz meinerseits!

Was ist das da für eine seltsame Apparatur?
Das ist ein Pendel, eine meiner großen Erfindungen.
Und welchem Zweck dient es?
Das will ich Euch gerne zeigen.
Ihr werdet es kaum glauben!
Japs!
Seht nur, welch perfekte Scheiben!
Schmatz! Und so appetitlich!
Halt! Ihr seid doch nicht etwa der schnöden Völlerei wegen hier?
Doch… nein… vielleicht…

Nun, angesichts des Festtags will ich gnädig sein und Euch ein Stück geben, ein kleines natürlich!
Schleck! Was für ein Festtag ist das denn?
Es ist eine Festivität, die ich alljährlich veranstalte, um eine alte Prophezeiung zu verspotten, die über meinem Schlosse wabert. Derart abwegig, dass es schlicht zum Lachen ist. Kommen Sie, ich zeige es Ihnen!
Aber gern!
Und das ist das Büffet für Eure Gäste?
Aber woher denn! Das ist mein kleines Betthupferl für später.
Hier haben wir das Buch der Prophezeiungen. Lest vor, es ist immer so amüsant!
Mit Vergnügen!
„Wenn ein Dichter vom Meer herüberkommt und vom Festsaal her die Rufe…
Haha, zu komisch!
„…Geizkragen und Aufschneider ertönen…“
Geizkragen!
Aufschneider!
?

Schluck! „Dann wird unmittelbar darauf…“
Dir zeig ich's!
Und ich dir, du…
BOX
PAFF
„…das ganze Schloss…“
„…zu Staub werden!“
PUFF
KLATSCH
BOING
!?
FLAMM
Oh!
Ah!
...

Raus hier!
Nichts wie weg!
Welch Jammer, ein so prächtiger Bau…
Meine Erfahrung mit Unglücksfällen sagt mir…
KNIRSCH
…genau das da!
BRRAAATZZZ
O nein!

Die drei da sind schuld an diesem Desaster! Und der in der Mitte wollte sogar mein Nachtmahl stehlen!
!
R-rückblickend scheint der Mahlstrom gar nicht so gefährlich.
Bleibt sofort stehen!
Schnell!
Junge, Junge, ist der aber fit!
Weniger reden, mehr schieben!
Ihr habt mich ruiniert! Ich kann mir nach dem Melonenessen nicht mal die Hände waschen! **Grrr!**

Wir haben es geschafft, hehe!
Aber es war ziemlich knapp.
Denken wir lieber an das, was vor uns liegt.
Wir sind mitten auf dem Ozean unterwegs, und zwar in einer jämmerlichen Kiste. Ohne Wasser und Proviant.
Immer nur am Jammern. Sparen Sie den Atem fürs Rudern!
Sehen Sie mal!
Wir sind gerettet!
Und so…
Ab sofort sind wir wieder gute alte Feinde, klar?
Ich freue mich schon! Fühlen Sie sich so gut wie besiegt!

Verlieren wir keine Zeit und überlegen uns sofort, wie wir diesen Aufschneider in die Knie zwingen!
Bedaure Mister McDuck, aber ich habe andere Pläne.
Dann lass mal hören, welche Flausen du dir in den Kopf gesetzt hast.
Ich werde mich voll und ganz dem Schreiben widmen.
Unsere Abenteuer waren eine so lebhafte Inspiration. Die Geschichten sind quasi zum Greifen nah.
Gar nichts wirst du ergreifen, du Möchtegern-Dichter!
Vielmehr wirst du mich schon bald um Lohn und Brot anbetteln!
Mag sein, aber das ändert nichts an meinem Entschluss.
Nun, wir wissen, wie die Sache ausging…
…unser Edgar Allan wurde einer der berühmtesten Dichter und Kriminalautoren der Welt.
Der Rabe
Der schwarze Kater
Der Untergang des Hauses Usher
Das Pendel des Todes
Meister des Grauens
Das Manuskript in der Flasche
Die Maske des Roten Todes
Das Fass Amontillado
Das verräterische Herz
Hinab in den Maelström
Von Kempelen und seine Entdeckung
Die längliche Kiste
Und wenn ihr es noch nicht getan habt, dann lest seine Geschichten noch heute.
ENDE

Tito Faraci (Story), **Giorgio Cavazzano** (Zeichnungen)

Walt Disney
Plattfüße auf der Flucht
WACKERE POLIZISTEN LASSEN WAFFENLAGER EINER SCHMUGGLERBANDE HOCHGEHEN!

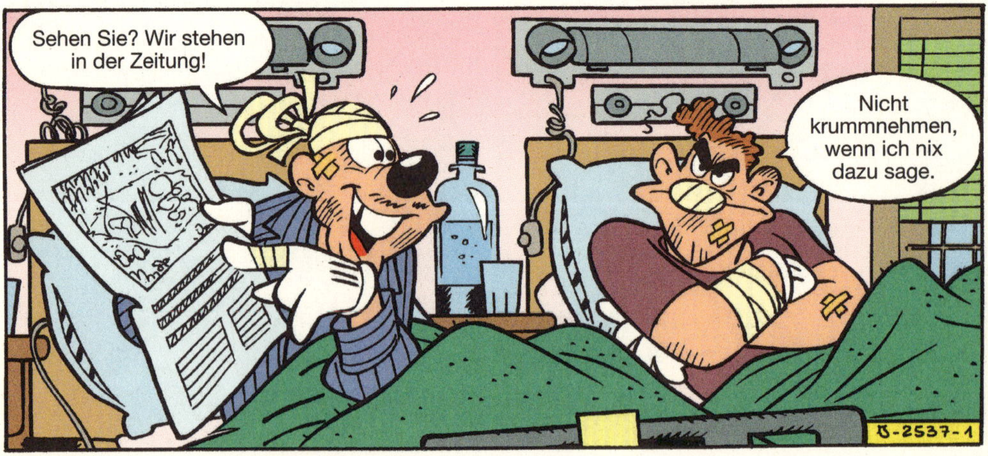
Sehen Sie? Wir stehen in der Zeitung!
Nicht krummnehmen, wenn ich nix dazu sage.
B-2537-1

Ich überbringe euch die Glückwünsche des Bürgermeisters zu eurem Einsatz.
Ihr seid die Helden des Tages.
E.P.
Allerdings hätte ich das Lager während der Sprengung nicht betreten.
Was weißt du denn schon, Goofy?
Und wie geht es euch sonst so?
Viel besser. Der Arzt ist sehr zufrieden.
Er meinte, wir können in ein paar Tagen den Dienst für die Bürger wieder aufnehmen.
So? Warten wir's ab.
Einen Augenblick! Hier steht, es hätte drei Verletzte gegeben. Wir sind aber nur zwei.
Darüber reden wir, wenn ihr wieder im Dienst seid.

Pah! Das überzeugt mich ganz und gar nicht.
5
4
3
2
ENTENHAUSENER POLIZEI
21-170 W 47
Der sieht nicht wie ein Schurke aus.
Welch ein schlagendes Argument, Steinbeiß. Würde jeder Ganove wie ein Ganove aussehen, wäre unser Job ein Kinderspiel.
Nehmen wir Sie, zum Beispiel…
Was ist mit mir?
Kleine, eng zusammenstehende Augen, massives Kinn, buschige Augen-brauen…
Öh…

Wenn ich nachts in einer düsteren Gegend einem wie Ihnen begegnen würde, würd ich meine Waffe entsichern.
Schluck!
Das war natürlich ein Scherz, Steinbeiß.
Ach so! Dann ist mein Kiefer in Wahrheit gar nicht…
Ich wollte damit sagen, dass man keinem ansehen kann, ob er ein Schurke ist oder auch nicht.
Aber bei Artur Artiger gibt's keine Zweifel. Er hat nach seiner Festnahme gestanden.
Stimmt, Issel.
Ich muss mit Ihnen beiden reden.
Und zwar in meinem Büro.

Artiger war als Buchhalter der Waffenschieber-bande nur von zweitrangiger Bedeutung.
Sie waren nicht allein im Lager. Artiger war zur Inventur da. Gefunden haben wir ihn einen Kilometer vom Lager entfernt über einem Zaun hängend.
Dieser Vorfall hat ihn wohl zum Nachdenken gebracht, jedenfalls zeigt er sich reumütig und will tatsächlich auspacken.
Natürlich winkt ihm eine Milderung der Strafe, wenn er uns den Klarnamen des Pumas verrät.
Ein Puma?
Er ist der Kopf der landesweit vernetzten Schmugglerbande, aber wir wissen nicht, wer sich hinter dem Namen verbirgt.
Inspektor Steinbeiß, haben Sie mir zugehört, oder nehmen Ihre Augen-brauen Sie zu sehr in Anspruch?
Ähm…

Sie sprachen von der Identität des Pumas.
Richtig. **Grumpf!**
Leider muss Artiger an seinem Wohnort vor Gericht gestellt werden, was bedeutet, dass wir ihn dorthin bringen müssen.
Und jetzt wird die Sache vor allem für Sie interessant.
?
Artur Artiger hat sich vor dem Gericht in Semikola, Texas zu verantworten.
!
Semikola? Das ist Steinbeißland.
Dann sehe ich ja meine Leute wieder!
Eben deshalb habe ich Ihnen die Aufgabe, Artiger zu überstellen, zugeteilt. Issel wird Sie begleiten.

3
TA
ENTENHA
F12
Sauber! Keiner könnte diese Blüte von einem echten Schein unterscheiden.
Da wäre ich mir nicht so sicher, Onkel Severus.
Was meinst du, Neffe?
Ich hab noch nie eine 3-Taler-Note gesehen. Und auch keinen Schein mit Isaak Newton drauf.
War der nicht mal Präsident von Texas?
Nein, er war der Forscher mit dem Apfel.
Etwa der, der Äpfeln beim Fallen zugesehen hat? Du nimmst mich doch auf den Arm, Jungchen!
Nein, ich…

Raus, Grünschnabel! Ich mag keine Besserwisser!
Okay…
Umpf!
Was war denn? Severus hat gebrüllt wie ein Stier.
Ich wollte ihm nur einen Rat geben…
Das ist zwecklos. Wieso gehst du nicht mit deinen Vettern nach draußen?
Die spielen immer nur Räuber und Räuber. Da mach ich lieber Hausaufgaben.
Die macht man nicht, die schreibt man ab!
Umpf! Wo bin ich hier nur hingeraten?

WILLKOMMEN IN SEMIKOLA
ROUTE 66
BRUUMMM
Sie erzählen nie von Ihrer Familie. Wie sind Ihre Leute denn so?
Na, wir sind uns alle ein wenig ähnlich.
Ein wunderbares Land. Ich frage mich, welche Erinnerungen in Ihnen hochsteigen, Steinbeiß.
Zu viele, Issel.
Ach? Dann sind das auch Polizisten? Sind Sie etwa wegen denen auf die Polizeiakademie gegangen?
Äh… könnte man durchaus so sagen.

Artiger, ich habe in Ihrer Akte gelesen, dass Sie auch aus der Gegend stammen.
Das ist richtig, aber ich bin kein…
…Paradesemikolaner. Die sind eher handfest und bodenständig, während ich…
Ich verstehe genau, was Sie meinen.
Also, ich hab Appetit auf ein Fladenbrot mit Bohnen, extra vielen Zwiebelchen, Chilisalsa, Hackbraten, Sauerkraut und Avocado… oh!
ZUM BURRITO
Na, das nenne ich mal Glück!

Ist das ein typisches Tex-Mex-Restaurant?
Ich hoff's. Zu meiner Zeit stand da nur ein Stall.
Äh… es bietet texanisch-mexikanische Spezialitäten, aber…
Es schmeckt nicht, oder wo liegt das Problem?
Es schmeckt schon, aber man wird nur bedient, wenn man schlechte Manieren hat, die anderen Gäste anpöbelt und unfreundlich zum Personal ist.
Alles klar.
Überlassen Sie das mir. Ich kenne mich mit den hiesigen Umgangsformen bestens aus.
Das wird garantiert lustig.
Hehehe!

Tag, Bruzzler! Ich will den Fraß testen, den ihr hier Essen nennt.
WUMMER
Wie bitte? Ich hab nicht verstanden…
Glaub ich. Du hast zu viel Bratenfett im Gehörgang.
Kompliment für deine Kaschemme. Früher war das ein Stall. Davon ist immerhin die Tränke geblieben.
Hahaha! Klasse, Steinbeiß!
Die gucken schon. Gleich fangen sie an zu lachen und spendieren uns ein Bier.
Echt?
Hab ich etwa den falschen Ton getroffen?
Nein, Ihre Ironie war etwas zu pfiffig.

Wir würden nur gern etwas essen, wenn möglich.
Geht nicht, ohne Zähne.
WACK
Oh!
KLIRRTSCH
Verstanden. Ich erzähl's ihm sofort.
Chef, im Burrito tut sich was. Da ist gerade ein Tisch rausgeflogen.
Umpf! Diese Jungs gehen mir mächtig auf den Zeiger.

PÄNG
KA-KLACK
Aufhören! Sofort!
FRISCHE TACOS
Tag auch, Sheriff Bolton!
Echt schön, Sie hier zu sehen.
Welch tolle Überraschung!
Umpf! Erspart mir das Gesäusel!

Die Frage lautet wie üblich: Wer hat angefangen?
Der!
Er!
Die!
Die!
Wir?
Die da!
Die Fremden kamen herein und pöbelten gleich herum.
Und dann hat einer sein Kinn gegen meine Faust gerammt… in voller Absicht.
!
Wenn ich erklären darf…
Ruhe! Sie reden erst, wenn ich Sie befrage. Ist das klar?
Ein Fremder? Wieso kommt mir Ihr Gesicht bekannt vor? Sie sind doch…

…na, klar! Du bist ein Steinbeiß!
SCHNIPP
Sicher!
Wieso haben wir ihn nicht gleich erkannt?
Genau! Bei dem Kinn…
Seufz!
Also gut, Herr Sheriff. Mir scheint, ich muss etwas klären. Mein Freund Steinbeiß ist in die Fußstapfen seiner Familie getreten.
Du liebes Lottchen…
Ich bin sein Kollege und arbeite immer mit ihm zusammen. Zur Zeit befinden wir uns auf Dienstreise in Sachen Waffenschmuggel und haben…
Es reicht, Issel!
Wieso? Stimmt doch, was ich sage.
Reden Sie nur weiter.
Ein Geständnis erspart Ihnen ein paar Jährchen Steinekloppen.
Aber, Herr Sheriff, wir sind doch Polizisten!
!

HA! HA! HA! HA! HA! HA! HA!
Steinbeiß ist ein Plattfuß?
Der war gut!
Einen Augenblick! Zeigen wir ihnen unsere Dienstausweise.
Klar.
Oh! Mein Ausweis… er ist fort.
Meiner auch.
Dann fragen Sie Herrn Artiger. Der kann's bezeugen. Er ist zwar ein Schurke, aber ein äußerst glaubwürdiger.
Ja, aber wo ist er?
Getürmt!

Wow! Das war ganz großes Kino. Und was jetzt?
Tja, gute Frage...
STOMP
Wuäääääääh!
Los doch, Issel!
!
O nein! Artiger hat unseren Wagen geklaut!
Dann nehmen wir die Beine in die Hand!
17
Gibt es da vielleicht etwas, das ich über Ihre Familie wissen sollte?
Ja, aber darüber reden wir später.
PÄNG

Ist der Boss da?
Klar, in seinem Büro.
Tag, Puma! Ich habe gute Neuigkeiten.
Ich höre, Jack!
Die beiden Dussel stecken in der Klemme. Das wurde gerade gedruckt.
Hm… die Phantombilder sind recht treffend.
BELOHNUNG: 50 000 T
Sie sehen wie echte Ganoven aus, was beweist, dass der Augenschein täuschen kann.

Was sagt das texanische Gesetz eigentlich zum vorsätzlichen und schmerzhaften Tritt auf einen Sherifffuß?
Ich will's gar nicht wissen.
Dieser Artiger… spielt die Unschuld vom Lande…
…und hat's faustdick hinter den Ohren.
Trotzdem sollten wir uns stellen. Wir sind immerhin Polizeiinspektoren.
Noch, aber wenn Kommissar Hunter davon erfährt, dürfen wir künftig den Verkehr auf der Achterbahn regeln.
Aus dieser Sache kommen wir nur ungeschoren heraus, wenn wir Artiger festnehmen.
Brillante Idee. Und wie sollen wir das anstellen?
Mit der Hilfe von äußerst netten Leuten.
Sie haben sich für meine Familie interessiert. Jetzt werden Sie sie kennenlernen.

PÄNG ZIII
Urgh!
Keine Panik, Issel. Die Kugeln sind nur aus Salz. Zudem gelten meine Vettern nicht gerade als zielsicher.
Bibber!
Geben Sie sich zu erkennen, dann hören sie auf.
Die haben mich erkannt. Deshalb ballern sie.
Kommt schon, Jungs. Freut ihr euch denn nicht, mich endlich wiederzusehen?
PÄNG ZIIIII
!
He, ein „Ja“ hätte gereicht!

Steffen, Sammy! Hört auf! Am Ende trefft ihr noch jemanden!
Wie?
Oh!
Omachen!
Danke! Du hast mich vor den Kugeln gerettet.
Vor denen schon…
…aber nicht davor!
Aua.
POCK
Hüstel! Guten Tag, gnä' Frau!
Wer sind Sie? Einer von der harten Sorte, nehme ich an.

Inspektor Issel von der Polizei Entenhausen.
Ein Plattfuß? Hätt ich mir denken können.
Kommt ins Haus! Da ist es gemütlicher.
?
Meine Oma braucht den Stock nicht wirklich. Er ist nur Zierde.
Wohl nicht nur.
Onkel Severus!
Auch mal wieder da?
Genau rechtzeitig, um mir mit der Druckerpresse zu helfen.
Überschwang sieht anders aus.

Später...
Verstehst du, Oma? Artur Artiger hat uns da reingeritten.
Er hat hinterlistig eine Prügelei eingefädelt und ist in dem Durcheinander mit unserem Wagen getürmt.
Eine echter Schuft, von dem du noch etwas lernen kannst.
Das erklärt, wieso Sheriff Boltons Spürhund hier herumgeschnüffelt hat.
Wir haben ihn natürlich mit dem gebotenen Respekt begrüßt.
Genau! Ich habe ihm gleich den Speckdeckel vom Kopf geschossen. Hahaha!
Vermutlich hast du auf die Autoreifen gezielt.
Pass auf, sonst bist du die nächste Zielscheibe.
Und wenn schon. Du triffst ja eh nicht.

Schluss mit dem Streit! Wo bleibt denn eure Kinderstube?
ROMMS
Gute Frage, Oma.
Wenden wir uns wieder dem eigentlichen Problem zu. Wie können wir dir helfen, Jungchen?
Die einzige Lösung ist die Flucht nach Mexiko. Von dem Geld könnt ihr dort gut leben.
!
Wow! Hinter der rauen Schale deines Onkels verbirgt sich ein großzügiger Kern.
Sehen Sie sich die Scheine mal genau an, Issel.
Ich will gar nicht abhauen. Ich will Artiger schnappen. Ihr habt mir doch beigebracht, nicht aufzugeben.
Es sei denn, man ist umzingelt und die Polizei verhandelt nicht.

Wenn du jemanden einbuchten willst, dann...
...zähl nicht auf uns.
Aber ich gehöre zur Familie - jedenfalls glaubte ich das.
Hm...
Ja, und?
Ich kann's nicht allein entscheiden. Ich muss mich mit den anderen besprechen.
Einverstanden, Oma.
Gehen wir raus, Issel. Sie wollen in Ruhe reden.
Okay...
Sieben Taler?
William Shakespeare war Präsident?

Verzeihen Sie mir, wenn ich das sage, aber Ihre Leute sind nicht ganz koscher.
Wie sehr ich Ihren Spürsinn schätze.
Sie sind kriminell, Issel. Oder besser, sie versuchen es zu sein. Dabei können sie keinem etwas antun.
Steffen und Sammy klauen allenfalls mal einen Apfel von Botterblums Baum… und dann verstecken sie ihn.
Und Onkel Severus… ich meine, wer ist so blöde, auf seine Blüten hereinzufallen?
Ach?
Sie sind… schrullig. Aber so etwas gibt's in jeder Familie.
Stimmt, um von meiner gar nicht erst zu reden.

Ich bin aus reiner Sturheit zur Polizei gegangen. Ich wollte beweisen, dass ich anders bin als sie.
Aber sie sind meine Familie. Ich will nur das Beste für sie. Und das werde ich immer wollen.
Hüstel…
!
Seit wann bist du da? Ich habe dich nicht gehört.
Dafür habe ich dich gehört.
Und, wie habt ihr entschieden?
Ist doch klar. Wir werden dir helfen.

Was? Vorhin haben wir aber doch…
Schweig, du Dämel!
Hm… interessant.
TIPP TIPP TIPP
246
Es gibt Neuigkeiten, Boss.

Später…
Hm… wenn Artur Artiger von hier ist, wieso hat dann keiner von uns schon mal seinen Namen gehört?
Gehört habe ich ihn, komm nur nicht darauf, wo das war…
Dann zeig ich dir mal ein Foto. Das frischt dein Gedächtnis auf.
?
Na, klar… der Puma.
Wir wissen, dass er zur Puma-Bande gehört.
Was du nicht sagst, Plattfuß…
…er ist der Puma.
Wie?
Argh!

Unmöglich! Er ist pfiffig, aber wie der Boss einer Waffenschieberbande sieht er nicht aus.
Nicht das wieder, Steinbeiß. Sie sehen auch nicht wie ein Polizist aus.
Und dieser Shakespeare nicht wie ein Präsident.
Oh, bitte, Onkel Severus…
Jedenfalls ist dieser Artiger der Puma. Mir ist wieder eingefallen, woher ich ihn kenne.
Da bin ich gespannt, wo du nie davon erzählt hast.
Weil's mir peinlich war. Er suchte einen Revolverhelden. Ich hab mich beworben, aber er hat mich abgelehnt.
Und wer mich nicht will, hat mich auch nicht verdient. Außerdem bin ich lieber hier, als in diesem Schuppen in der Wüste.
Aha!

FLATTER
Wow! Sieben Taler!
Hu...

KLOPS
Autsch!
Klasse Haken! Hehehe!
Endlich ist mal einer auf Onkel Severus Blüten hereingefallen. Er wird sich freuen, wenn wir's ihm nachher erzählen.
Aber jetzt hinein in die gute Stube… hehehe!
TAPP

MIIIIIIAAAAAAOOOO
Ihr schon wieder?
Meeeee!
Du bist eine Plage, Steinbeiß! Und deine Familie hast du auch mitgebracht!
Wieso weiß er, wer ich bin, wo er doch nur euch kennengelernt hat?
Schau mal in den Spiegel.

Runter mit der Knarre. Es ist aus.
Nein!
PÄNG
TING
KRRR
KRANK
Glib!
KRACH
Wahnsinn! Wie hast du das geschafft?
Keine Ahnung. Ich hab auf seine Knarre gezielt.
Ooooh!

Aber viel besser stehen wir jetzt auch nicht da.
PENG
Keine Bewegung!
KA-KLACK
Sheriff Bolton!
Das Gebäude ist natürlich umstellt!
Tja, dann müssen wir wohl aufgeben.

Nein! So darf es nicht enden! Niemals!
Jedenfalls nicht, solange wir eine Rechnung offen haben.
KICK
WACK
Urgh!
He, der ist ganz schön in Form.
Hör auf, Steinbeiß. Schätze, du hast uns einiges zu erklären.
Okay, Sheriff. Und ich möchte mich für den Tritt im Lokal entschuldigen.

Ein paar Tage darauf…
Alles in allem ist Sheriff Bolton auf Zack und ein echt netter Kerl.
Er hat geahnt, dass Steinbeiß und ich Hilfe brauchen und einen seiner Leute den Hof der Steinbeiß observieren lassen.
Als wir mit Sammy und Steffen losgezogen sind, vermutete er, dass wir bald Ärger bekommen würden.
Er und seine Leute sind uns heimlich gefolgt, haben die Halle umzingelt und keine Sekunde zu früh zugegriffen.
Sie haben nicht bemerkt, dass Sie beschattet wurden?
Und wenn schon. Hauptsache, wir haben die Bande ausgehoben.
Jedenfalls haben Sie glänzende Vorarbeit geleistet.

Ich müsste Sie beide degradieren, weil Ihnen Artiger entwischt ist, und befördern, weil Sie sein Versteck gefunden haben.
Das gleicht sich doch aus, oder?
Der Kerl hat eine Menge ausgeplaudert. Jetzt können wir alle seine Filialen ausheben und das Schiebersyndikat zerschlagen.
Um ihn zum Plaudern zu bewegen, hat es genügt, ihm einen weiteren Besuch durch zwei gewisse Polizisten anzudrohen.
Oha!
Apropos, wo ist Steinbeiß?
Seine Familie ist zu Besuch gekommen und er hat sich ein paar Tage freigenommen, um ihnen Entenhausen zu zeigen. Ich glaube, die wollten heute einkaufen gehen.
Ein Sieben-Taler-schein?
Hübsch, nicht wahr? Ich zahle mit meiner Karte.
ENDE

Giuseppe Sansone (Story & Zeichnungen)

Der Raub der Kronjuwelen

Created 1984

Giovan Battista Carpi & Osvaldo Pavese (Story), **Giovan Battista Carpi** (Zeichnungen)

Zu Ihrer Rechten jetzt der sagenumwobene **Tower of London!**
Der Schauplatz düsterer und blutrünstiger Geschichten! Schauder!
Ja, aber jetzt ist er ein Museum, Minnie!
Ein Museum, sagst du?
Ja! Dort sind mittlerweile die berühmten Kronjuwelen zu besichtigen!
Oh, die möchte ich mir gern ansehen!
LONDON TRANSPORT
Das machen wir morgen, Minnie! Für die Besichtigung des Towers brauchen wir sicher einen ganzen Tag!
Und jetzt eine kurze Fotopause, Ladies and Gentlemen!
Gute Idee!

Oh, Minnie! Wirst du denn nicht müde vom vielen Fotografieren?
Mir macht es eben Spaß!
Außerdem ist das eine bleibende Erinnerung!
Du hast recht!
Wenig später...
Das ist der **Palast von Westminster**, der **Sitz des Parlaments** mit seinem Glockenturm. Dem berühmten **Big Ben**!
Super!
KLICK
KLICK
KLICK
Und wohin fahren wir jetzt?
Zum **Hyde Park**, einem der schönsten Parks der Stadt!

Viel Vergnügen bei einem kleinen Spaziergang…
LONDON TRANSPORT
…oder einer Bootsfahrt auf dem See! Sehr zu empfehlen!
Gute Idee!
Komm, Minnie!
Sekunde noch!
Nehmen wir ein Boot?
O ja, wie romantisch!
BOOTS-VERLEIH
Diese Ruhe!

Der Park ist wunder-voll!
Und das Ganze mitten in der Stadt!
Oh! Psst! Da hält einer sein Mittagsschläf-chen!
?!
Das muss ein Scheich sein!
Schau nur, wie seine Ringe funkeln! Aber kein Wunder…
…die sind ja so groß wie Hasel-nüsse!

Ich habe gehört, dass viele Scheichs oft nach London kommen zum Einkaufen.
Das glaub ich gern! Bei den vielen tollen Geschäften, die es hier gibt…
Die Stadtrundfahrt geht weiter…
…Madame Tussauds Wachs-figuren-kabinett!
LONDON TRANSPORT
Huch! Die sehen ja aus wie echt!
Einfach um-werfend!
Siehst du? Das ist **Heinrich VIII.**!
Und das ist Frankensteins Monster!
Schauder!

Endlich mal ein **Gentleman**!
Hm... mal sehen!
CAPT. BLOOD
Der Schein trügt, Minnie! Das hier ist **Captain Blood!**
Blood? Das heißt „Blut“!
Er war ein irischer Draufgänger, der 1671 versuchte, die englischen Kronjuwelen zu rauben! Allerdings ohne Erfolg...
Oh! Etwa **die** Kronjuwelen, die im Tower aufbewahrt werden?
Sehr richtig!
Viele Stunden später...
HOTEL
Gut! Wir treffen uns also heute Abend im indischen Restaurant!
Ich **liebe** die indische Küche!

Am Abend dann…
Am besten, wir probieren etwas Exotisches aus!
Das ist eine gute Idee, Minnie!
Was hältst du von einem Saap-Spieß vom Grill?
Oh, das klingt sehr gut!
Zweimal Saap-Spieß vom Grill, bitte!
Eine gute Wahl, mein Herr!
Kurz darauf…
Bitte sehr!
Oh! Äh! Danke!
Wa… was ist das?
Frische Schlange vom Grill!

Schlange?
Als zweiten Gang vielleicht ein köstliches Eieromlett mit…
Oh, äh… lieber Eier ohne alles!
Wie Sie wünschen!
Wir haben: Möweneier nepalesisch, Froscheier nach Himalaja-Art…
O nein!
Äh…am liebsten wären uns ganz normale Spiegeleier!
Huch! Was?
Ich glaube, er ist beleidigt!
Nach dem Essen…
Fotografierst du mich?
Klar! Wir müssen das „Schlangenessen“ ja verewigen!

Ich möchte, dass meine Freundinnen vor Neid platzen!
KLICK
Am nächsten Morgen…
Und dies ist der **Tower of London!**
Ganz schöner Andrang!
Wir treffen uns um 17 Uhr am Bus!
In Ordnung!
Sehen wir uns zuerst mal die berühmten Raben an!
Da gibt es doch eine Legende!

Ja, es heißt, dass London falle, wenn die Raben den Tower verlassen! Deshalb werden sie sorgsam gehätschelt...
...und werden auch täglich gefüttert! Hihi, wirklich witzig!
Tatsächlich?
KLICK
Äh... ich hätte gern ein Foto von mir zusammen mit einem Aufseher!
Gern, Minnie!
Entschuldigung, Herr Aufseher!
Was wollen Sie?

Ich hätte gerne ein Foto von Ihnen und...
Pah! Ich hab keine Zeit!
Puh! Das ist vielleicht ein Rüpel!
Ist doch egal, Minnie!
Ich habe euch doch längst geknipst!
Oh, toll!
So, und jetzt zu den Kronjuwelen!
Oh, ich bin schon ganz aufgeregt!
JEWEL HOUSE
Schau mal, Minnie! In dieser Vitrine liegen die teuersten Steine der Welt!
Oh! Fantastisch!

Schau mal, diese tolle Krone!
Das ist die Krone der Königinmutter Elisabeth...
...mit dem **„Berg des Lichts“**, dem 106-karätigen **Koh-i-Noor!**
Der ist ja riesig!
Aber das ist noch nicht alles, Minnie! Schau!
Das ist **„Der große Stern von Afrika“**. Der größte Diamant der Welt!
Einfach umwerfend!
Er ist in das Staatszepter eingearbeitet!

Die **„Imperial State Crown“!**
Sie besteht aus über 3 000 Edelsteinen und wurde 1838 angefertigt!
In sie wurde der berühmte „Rubin des Schwarzen Prinzen“ eingearbeitet.
Direkt darunter befindet sich der **„Kleine Stern von Afrika“!**
Wie viel Karat, Micky?
Och, nur 317, Minnie!
Das ist ja zum Fürchten!
Wieso denn?
Na ja, so wertvolle Steine ziehen doch sicher Diebe an!

Ausgeschlossen, Madam, das Museum ist bestens gesichert!
Wir haben eine ultramoderne Alarmanlage, Panzertüren und, nicht zu vergessen, all die Aufseher im Turm!
Immerhin ist **Captain Blood** auch reingekommen!
Ja, aber er ist auch ohne Diebstahlsicherung gescheitert!
Hören Sie das?
Das hört sich solide an, aber...
...bei den heutigen Dieben kann man nie wissen!
Man besichtigt weiter...
Da geht's hinunter in den Keller!
Gibt's da was Besonderes?

Na ja, hier unten soll der Geist der Königin Anna Boleyn gespukt haben!
Ist das wahr?
Micky! Wo bist du?
Micky! Lass mich nicht allein!
Huhuuu! Minnie! Buhuuuu!
Iiiih!
Hilfe! Ein Geist!

Oh! Ich hab ein bisschen zu dick aufgetragen! Jetzt hat sie sich erschreckt!
Minnie! Halt! Es war doch nur Spaß!
Minnie! Halt!
Minnie!
RUMMS
RUMMS
Micky! Micky!

Minnie! Warte auf mich!
RUMMS
Minnie! Mach die Tür auf!
Ich bin hier eingeschlossen!
Ich geh da raus, wo ich reingekommen bin!
Uff! Die Tür ist auch verriegelt!
Ich kann nur warten, bis jemand kommt und mir aufmacht!

Inzwischen...
Wo kann Micky nur hingegangen sein?
Nein, ich habe ihn nicht gesehen! Vielleicht ist er zurück ins Hotel?
Komisch!
SONDERFAHRT
WUUUUHUUUU
Huch! Was ist das?
Die Alarmanlage!
Da muss was Schlimmes passiert sein!
Man hat die **Kronjuwelen** gestohlen!
Unglaublich!
Wie?

Minuten später ist die Polizei auf dem Plan...
Da kommt die Polizei!
TATÜTATA
Kommissar McKey?
Ja! Kommen Sie mit!
Wann haben Sie den Raub entdeckt?
Kurz nach Schließung der Säle!
Ich habe noch mal kurz durch den Spion geguckt und...
Lassen Sie sehen!
Tatsächlich! Die Kronjuwelen sind weg!

Da liegt ein Zettel, Kommissar!
Aha!
„Diesmal hab ich's geschafft! Captain Blood!"
Captain Blood?
DIESMAL HAB ICH'S GESCHAFFT! CAPTAIN BLOOD!
Schnell! Durchsucht den Tower!
Ich gehe nach unten!
GEWÖLBE
He! Lasst mich raus!
?!

Endlich! Ich sah mich schon die Nacht hier verbringen!
?
!
He! Was fällt Ihnen ein?
Sie kommen mit, junger Mann!
Aber... ich bin durch ein Versehen eingeschlossen worden!
Erklären Sie das dem Kommissar!
Wenig später...
Er hatte sich im Martin Tower versteckt!
Was faseln Sie da?
Gut, junger Mann! Was haben Sie uns zu sagen?
Ganz einfach! Ich wurde dort aus Versehen eingeschlossen!

Mehr gibt es nicht zu sagen...
Und das nennen Sie ein Alibi?
Alibi? Wofür brauche ich denn ein Alibi?
Ich bin gerne bereit, eine Geldstrafe zu zahlen!
?!
Der Witz ist gut!
Der Preis für den Raub der Kronjuwelen dürfte etwas zu teuer werden!
?
?
?
Raub der Kronjuwelen? Wer war das?
Das hätte ich gerne von Ihnen gewusst, junger Mann!
Woher soll ich das wissen?
Ihre Erklärungen sind äußerst dürftig...

...und ich halte **Sie** für den Dieb!
Aber... wo sollte ich sie denn versteckt haben?
Das wollen wir ja gerade von Ihnen wissen. Sie hatten Komplizen, stimmt's?
Komplizen?
Wer hat diesen Zettel hier geschrieben?
...Captain Blood!
Ja, das ist der Kerl! Genau!
!?
Er hat die Juwelen besichtigt und von Captain Blood gesprochen!
Stimmt! Aber...

Woher kennen Sie den Namen?
Captain Blood habe ich im Wachsfigurenkabinett gesehen!
Übrigens... er war in Begleitung einer Frau!
Die werden wir auch finden! Kommen Sie!
Minnie hat von all dem keine Ahnung! Wo gehen wir hin?
Zu Scotland Yard! Dort werden Sie bis zur Klärung des Falles eingesperrt!
Eingesperrt? Und für wie lange?
Schwer zu sagen! Diese Prozesse sind oft langwierig!

Ist das der Räuber, Kommissar?
Das reicht! Lassen Sie das!
Noch eins, Herr Kommissar!
Micky! Wo warst du denn so lange?
Oh, Minnie!
Ich erklär's dir später! Ich muss gehen!
Du lässt mich einfach stehen?
He! Moment mal!
Ich wette, Sie sind die Frau, von der wir sprachen!
He! Was soll denn das?
Der junge Mann da ist festgenommen! Und Sie kommen auch mit!
Ins Gefängnis?

Das gibt's doch nicht!
Tut mir leid, Minnie!
Arme Minnie! Das hätte ich ihr gerne erspart!
GINGER-ALE PUB
Die Fakten scheinen offensichtlich gegen mich zu sprechen!
Mir bleib nichts übrig, als selbst den Beweis zu erbringen, dass ich unschuldig bin!
BOND STREET
12
Ich fliehe nur ungern, aber mir bleibt keine andere Wahl!
SCOT-LAND YARD

Und so...
Gehen wir junger Mann!
Ja, aber ich geh allein!
Lasst ihn nicht entkommen!
Oh, Micky! Nicht doch!
Bis jetzt scheint's zu klappen!
Ich muss rauf auf die Dächer!

Er ist verschwunden!
Durchsucht nochmals alle Toreinfahrten, Häuser und auch die Dächer!
Hier ist er nicht!
Wo kann er nur stecken?
Sie haben mich nicht gesehen. Ich warte, bis es Nacht ist!
Inzwischen auf dem Kommissariat...
Gut! Gegen Sie liegt nichts vor!

Sie können gehen, Miss! Sie sind frei!
Und Micky?
Wenn Sie ihn treffen, sagen Sie ihm, er soll sich stellen! In seinem eigenen Interesse!
Gut, Herr Kommis-sar!
Beschatten! Vielleicht führt sie uns auf seine Spur!
Ein paar Stunden später...
So! Jetzt ist die Luft rein!

Von hier aus müsste ich auf die Straße kommen!
Gut! Keiner zu sehen!
13
Ich muss wissen, was mit Minnie passiert ist! Ich rufe im Hotel an!
TELEPHONE
Victoria Hotel! Ich hätte gern mit Miss Maus gesprochen! Ich bin ihre Tante!
Wie? Tante?
Aber, Minnie! Hier ist Tante Mimmi! Ich wollte dich um einen Gefallen bitten!
Ach du, Tante Mimmi!
Endlich! Ich brauche ein paar Kleider und meine Sonnenbrille!

Aber pass auf! Es könnte sein, dass sich ein Verehrer an deine Fersen heftet!
Woher sollte ich einen Verehrer haben?
Oh! Jetzt verstehe ich!
Taxi!
VICTORIA HOTEL
TAXI
Schnell! Folgen Sie dem Taxi!
TAXI

Doch an der nächsten Ecke...
Hier schon, Miss?
Ja, danke, hier ist es!
TAXI
Fahr nur schön weiter! Hihi!
War leichter, als ich dachte!
Wenig später...
GUINESS
SWIFT MARTY
PLAYER
WORLD WIDE
ZINNESS TIME
LYON
PAS
IIA
AIR INDIA
LEWIS
Piccadilly Circus! Hier haben wir uns verabredet!

Er ist nicht da! Ich fange an, mir Sorgen zu machen!
Hallo, Minnie! Hast du die Sonnenbrille dabei?
Hallo, Micky!
Du hattest recht! Ich musste einen Polizisten abschütteln!
Gut gemacht!
Was hast du vor?
Ich muss den echten Täter finden, aber ich weiß nicht, wie und wo!
UNDERGROUND
Hier! Die Zeitungen berichten von dir und einem gewissen Captain Blood!
Ja, der Räuber hat sich diesen Namen zugelegt!
AZ

Die Polizei hat nämlich eine Botschaft mit dieser Unterschrift am Tatort gefunden!
Wieso hat er diesen Namen gewählt?
Hm... ich vermute, dass er....
...in dessen Rolle schlüpfen wollte, oder?
CHARING CROSS
APSTAN
Genau! Immerhin ist das ein sehr geschichtsträchtiger Name! Nur, was bezweckt der Dieb damit?
PUB
ALE
Komm, Minnie! Hier können wir in Ruhe reden!
O ja! Ich hab Lust auf einen Tee!
Außerdem gibt es ein viel wichtigeres Detail!
Und das wäre?

YORK
Diese einmaligen Steine lassen sich doch unmöglich verkaufen!
Stimmt! Aber wieso hat er sie dann gestohlen?
Hm... entweder, um von sich reden zu machen, oder er hatte ganz einfach einen Auftraggeber?!
Er könnte die Tat sehr gut für einen anderen begangen haben!
Für einen Sammler?
Genau! Und morgen werde ich mir den Tower vornehmen!
Oh, Micky! Ist das nicht gefährlich?
Es wird schon schiefgehen! Aber ich muss einfach rauskriegen, wie er an die Juwelen herankommen konnte!
HOTEL
CARPET STORE
SHOP

GERMAN TOURIST FACILITIES
Der Tower ist streng bewacht, aber es muss sein...
Gute Nacht, Minnie! Ich werde dich in den nächsten Tagen sehr brauchen!
Klar, Micky! Du brauchst nur anzurufen!
Am nächsten Morgen...
Fahren Sie mich zum Tower, bitte!
Sehr wohl, Sir!
TAXI
Hoffentlich erkennt mich niemand!
Bitte nicht drängeln!
Wie aufregend! Gestern hat hier der Raub des Jahrhunderts stattgefunden!
Oje! So ein Gedränge!

Wie Sie sehen, waren die Juwelen durch ein elektronisches Alarmsystem geschützt!
Die Fenster gehen auf einen der Festungsgraben, was ein Eindringen unmöglich macht!
Die Tür ist gepanzert, und für jeden Schlüssel gibt es einen eigenen Aufseher!
Hm...
Wenig später...
Hm! Zwei Schlüssel! Zu schwierig, gleichzeitig an beide heranzukommen...
...und auch das Alarmsystem ist nicht ausgelöst worden!

Es ist mir unerklärlich, wie der Dieb da hineingekommen ist!?
Und wie ist er herausgekommen? Vielleicht ist er in der allgemeinen Verwirrung geflohen?
PANAR
Inzwischen...
Ich muss zurück ins Hotel! Gleich wird Micky anrufen!
SMART
CARNABY STREET
Ihre Fotos sind fertig, Miss Maus!
Oh, danke!
Hihi! Das ist das Foto vom „Schlangenessen“!
Aha! Da ist ja der Scheich mit seiner Leibwache!

Und der Aufseher im Tower, der sich nicht fotografieren lassen wollte!
Das indische Restaurant! Schon wieder der Scheich!?
Aber... der Typ, der mit ihm spricht, ist ja...

Sollte Minnie beim Betrachten ihrer Fotos von der Stadtrundfahrt in der Tat ein wichtiges Indiz entdeckt haben? Und wird diese Entdeckung wirklich dazu beitragen können, Licht in das mysteriöse Dunkel zu bringen, das die Umstände jener ruchlosen Tat, des Raubes der Kronjuwelen, bisher vor den Augen des Lesers verbarg? Und wird es schließlich Micky gelingen, seine Unschuld zu beweisen?
Man darf gespannt sein...
I/T 1508 A
Minnie ist wie vom Donner gerührt, als ihr schlagartig die Tragweite ihrer Entdeckung klar wird...
Unglaublich!

Das ist doch ein und dieselbe Person! Das muss ich unbedingt Micky mitteilen!
Hoffentlich ruft er bald an!
Oh! Das ist er!
SCHRILL
Ich glaube, ich habe etwas sehr Wichtiges entdeckt!
Gut! Wir treffen uns an der verabredeten Stelle!
Im Zoo...
Hm! Er ist noch nicht da!

Darf ich Sie begleiten, Miss?
Na hören Sie mal...
Ich bin's, Minnie!
Oh! Ich hatte dich nicht erkannt!
Na, dann wird's der Polizei nicht bessergehen!
Schau mal da!
Oh! Die Fotos, die wir die letzten Tage gemacht haben.
Was hat das mit dem Raub zu tun?
Ich weiß nicht! Aber schau dir den Typ mal an...
...der sich hier mit dem Scheich unterhält!

Das ist der Aufseher, der sich nicht fotografieren lassen wollte!
Stimmt, Minnie! Und ich finde, er sieht ziemlich besorgt aus!
Irgendwas behagt ihm nicht!
Sein Verhalten war ja auch mehr als verdächtig!
Genau, Minnie!
Ich glaube nach wie vor, dass die Lösung des Rätsels im Tower zu finden ist!
Und worüber hat sich der Scheich mit dem Aufseher unterhalten?
Die beiden könnten Komplizen sein!
Viele Scheichs sind superreich und sammeln Edelsteine wie unsereins Briefmarken!

Ich habe eine Idee, Micky! Ich sehe zu, dass ich was über den Aufseher rauskriege!
Hm... das könnte nicht ganz ungefährlich sein!
Ich werde schon aufpassen! Hab keine Angst um mich!
Gut! Wir sehen uns später!
Minnie hatte schon immer eine gute Spürnase! Vielleicht...
Später, im Tower of London...
Sie wünschen?
Äh... Entschuldigung! Kennen Sie zufällig diesen Kollegen hier?
Ich müsste ihn mal sprechen!
Hm! Sind Sie sicher, dass er Aufseher ist?
Natürlich! Ich hab mich ja zusammen mit ihm im Hof aufnehmen lassen!
Hm! Ja, ich verstehe!

Warten Sie hier! Ich frage den Oberaufseher, ob er ihn kennt!
Danke!
Sehen Sie doch mal! Dieser Typ hier ist keiner unserer Aufseher!
Woher ist das Foto?
Von einer Touristin!
Halten Sie sie fest! Sie könnte etwas mit dem Kronjuwelenraub zu tun haben!
Ich mach mich lieber dünne!
Hallo, Miss!
Wo ist sie denn nur?
Das war knapp!

Dann war der Typ also gar kein echter Aufseher!
Ich muss sofort Micky anrufen!
TELEPHONE
Wenig später...
Ins Schwarze getroffen! Dort kennt ihn niemand!
Ist das wahr? Dann bis gleich, Minnie!
Verstehst du? Er ist gar kein Aufseher!
Bravo, Minnie! Jetzt haben wir endlich eine Spur!
Warum gehen wir nicht zur Polizei und erzählen alles?
Dafür ist es noch zu früh!
Sie könnten aber den Scheich vernehmen!
Hm! Selbst wenn der etwas weiß, wird er es ihnen nicht auf die Nase binden!

Nein, nein! Momentan verlasse ich mich lieber noch auf meinen eigenen Instinkt!
Besser, wir nehmen die Sache selbst in die Hand!
Gut! Und was kann ich tun?
THE TIMES
Geh noch mal in das indische Restaurant und...
Und so, weniger später...
Das Essen war wirklich ausgezeichnet!
Freut mich, dass es Ihnen geschmeckt hat!
Ach, Entschuldigung! Kennen Sie zufällig diesen Herrn hier?
Den Scheich?
Der kommt öfter hierher! Aber seinen Namen weiß ich nicht!
Verstehe! Aber wo könnte ich ihn finden?

Ich bin Journalistin und würde ihn gern interviewen!
Nichts leichter als das!
Diese Scheichs tun hier nichts anderes als kaufen: Bilder, Antiquitäten, Schlösser...
Ihn interessieren nur Juwelen!
Dann finden Sie ihn im Auktionshaus Sotheby's!
Dort verkaufen sie die teuersten Preziosen der Welt!
Besten Dank!
Gut! Auf zur nächsten Versteigerung bei Sotheby's!
Gleich heute Nachmittag findet eine statt!

So betritt Minnie das berühmte Londoner Auktionshaus Sotheby's...
Sehen Sie sich diese Smaragde an, Ladies and Gentlemen!
Hm... nicht da!
Vielleicht kommt er ja noch!
In der Tat! Wenig später...
Oh! Da kommt er ja!

Hm... mal abwarten, was passiert...
Etwas später...
Hier sind die Karten, Hoheit!
Dann bis heute Abend um 21 Uhr im Odeon!
Aha!
Pssst... **Schreien** Sie doch nicht so!
Hm! Wirklich sehr verdächtig, dieser Scheich!
Ich hab ihn gefunden, Micky!
Tüchtig!

…er schien darüber verärgert zu sein! Merkwürdig, oder?
Und ob! Schließlich ist es keine Schande, ins Theater zu gehen!
Hier: Das Odeon ist ein kleines, altes Theater ohne große Bedeutung!
Ich werde heute Abend hingehen! Vielleicht entdecke ich ja etwas!
Pass aber auf, Micky!
Ich bin vorsichtig, Minnie!
Gut! Aber sobald du aus dem Theater kommst, rufst du mich an, ja?
Und bring dich bitte nicht in Gefahr!
Versprochen!

Kurz darauf...
Das ist das Theater! Aha, man spielt Shakespeare!
VERY OLD
ODEON
RICHARD III. VON WILLIAM SHAKESPEARE
HEUTE ABEND
JIM WALKER IN
RICHARD III.
Der Scheich scheint klassische Dramen zu lieben!
Was wünschen Sie?
Äh... einmal Balkon, bitte!

Hm! Sieht nicht so aus, als wäre er da!
Oh! Da kommt er doch noch!
Nach einigen Aufzügen...
Ich will mit eisenköpf'gen Narren verhandeln, mit unbedachten Burschen...
Hm... wer weiß, wozu er hierhergekommen ist?
Einige Stunden später...
Mein Königreich für ein Pferd!
Huch! Ich muss eingeschlafen sein!
Und der Scheich ist weg!

Er muss gegangen sein, während ich schlief!
Wo kann er nur sein?
Vielleicht hinter dieser Tür?
Nein, hier ist nie-mand!
Auweia! Da kommt jemand!
Der Scheich!

GARDEROBE
Er geht in die Künstler-garderobe!
Ich bin gespannt, was er dort sucht!
Huch! Da kommt ja noch jemand!
Der Alte von der Kasse!
Alles abgeschlossen, Mister Walker! Kann ich gehen?
Klar, Timothy! Gute Nacht!
Gut! Bleiben also nur noch wir drei!

Sie haben gesagt, Ihnen sei jedes Mittel recht!
Ja! Aber so war das nicht gemeint!
Jedenfalls bin ich nicht mehr interessiert!
Ich verlasse England noch heute Nacht!
Gute Reise! Ich finde auch einen anderen Käufer!
?
Eine wirklich interessante Unterhaltung!
Solange Mister Walker weg ist, werde ich mich hier mal umschauen!

Hm… ich bin
gespannt…
Schluck! Das ist ja der falsche
Aufseher!
Er wollte dem Scheich
etwas verkaufen! Ein
Teil fügt sich zum
anderen!
Schauen wir mal,
ob es noch mehr zu ent-
decken gibt!
Oh! Ein altes
Buch!

Schau an! Das ist ja wirklich hoch-interessant!
DER TOWER OF LONDON
Aber… das ist ja…
Suchen Sie mich, mein Herr?
!
Oh! Äh, ja! Gewiss, Mister Walker!
Und aus welchem Grund?
Äh… ich bin Journalist aus Entenhausen und hätte Sie gern interviewt!
Wirklich? Ich wusste gar nicht, dass ich auf dem Kontinent so bekannt bin!

Und ob. Mr. Walker! Ich denke da an Ihre unvergessliche schauspielerische Leistung in… in…
…in „Der Sturm“?
Ja, genau! In „Der Sturm“!
So? Ihr Pech, dass ich nie im Leben in dieser Komödie aufgetreten bin!
Oh! Äh…
Äh, räusper… dann muss ich Sie verwechselt haben!
Oder Sie haben mich noch nie spielen sehen!
Aber, ich… schluck!

Am Ende sind Sie vielleicht gar kein Entenhausener Journalist, wie?
Äh… ehrlich gesagt…
Also, was ist der Grund Ihres Besuches, junger Mann?
Na ja…
Ich weiß genau, wer Sie sind! Ihr Foto ist in der Zeitung!
Sie sind der Mann aus dem Tower!
Ja!
LONDON NEWS
KRONJUWELEN GERAUBT
Also? Ich höre!
Nun, ich möchte Ihnen ein paar Fotos zeigen!

Was sagen Sie dazu?
Argh!
Und was wollen Sie damit beweisen?
Eine ganze Menge, Mr. Walker!
Hier unterhalten Sie sich mit einem Scheich, der ein bekannter Sammler wertvoller Edelsteine ist! Und hier, wenige Stunden…
…vor dem Raub sind Sie als Aufseher verkleidet!
Na und?
Klar! Sie sind der Dieb, und der Scheich ist der mutmaßliche Käufer!
Das müssen Sie erst mal beweisen! Wie hätte…
…ich an die Juwelen rankommen sollen?
Da kann uns das kleine Buch hier weiterhelfen!

Wo haben Sie das her?
Oh, aus der Schublade! Zusammen mit diesen Notizen!
Nein! Die Zeichnungen von dem Geheimgang!
Leider nicht!
Das ist leer! Nur ein Trick, um Sie zum Reden zu bringen!
Sie haben mich reingelegt!
Als ich das Buch entdeckte, hatte ich gleich so eine Vermutung. Aber ich war mir nicht sicher!
Sie haben gewonnen!
Und was gedenken Sie jetzt zu tun?
Ganz einfach! Wir gehen zusammen zur Polizei!
Gut! Sie erlauben sicher, dass ich mich rasch umziehe?
Selbstverständlich!

Soso! Sie sind durch einen Geheimgang zu den Kronjuwelen vorgedrungen!
Sehr richtig!
Dass er existiert, hab ich durch Zufall in dem alten Buch entdeckt!
Aber jetzt ist Schluss mit dem Geschwätz!
?!
ZACK
Dir zeig ich's, du kleiner Schnüffler!
Halt! Mir entkommst du nicht!

So leicht lässt sich der große Walker nicht festnehmen!
SCHWUPP
DER GROSSE WALKER IN EIN SOMMER-NACHTS-TRAUM
Schluck! Er ist gefährlicher, als ich dachte!
Gefällt dir dieses Spielchen?
Huch!
WUTSCH
Hehehe!
Her mit der Brieftasche!

Aha, die Fotos… und die Karte mit der Adresse von seinem Hotel!
Hmm… diese Minnie muss das Mädchen auf dem Foto sein!
VICTORIA HOTEL
Minnie: 342
Und sie hat natürlich die Negative!
Und so…
Dachten Sie wirklich, ich ginge mit zur Polizei?
Ja, ich war wohl etwas naiv!
Bedauerlicherweise werde ich Sie einsperren müssen, junger Mann!
Ich bin bald wieder draußen!

Sieh da!
Von wegen! Sie bleiben hier so lange, bis ich alles erledigt habe!
Schreien können Sie sich sparen! Hier ist sowieso keiner mehr!
So! Jetzt muss ich mir dringend die Negative beschaffen!
Inzwischen...
Wieso ruft Micky bloß nicht an?
Oh! Das ist er! Endlich!
DRRRIIIING

Micky!?
Nein, hier spricht ein Freund von Micky!
Sie sind Minnie, stimmt's?
Ja, aber ist Micky etwas passiert?
Nein, nein, Miss Minnie! Er kann nur jetzt nicht telefonieren!
Aber wieso denn nicht?
Äh… er muss auf den Typ aufpassen, Sie wissen schon! Und er braucht Sie!
Was soll ich denn tun?
RICHARD III. VON WILLIAM SHAKESPEARE
Sie sollen zum Odeon-Theater kommen! Mit den Fotos und den Negativen!
Mit welchen Fotos?
Sie wissen schon! Die Fotos vom Restaurant und vom Tower!
Aha! Dann sind Sie wohl Mr. Thompson?
Mr. Thompson? Äh… ja genau, der bin ich!
Gut, ich komme!

Gut! Ich erwarte Sie am Bühneneingang! Bis gleich!
Gewitzt, wie sie ist, hat Minnie ihrem Anrufer eine Falle gestellt…
Gut zu wissen! Micky hat mir nämlich nie was von einem Mr. Thompson erzählt!
Ich muss mich beeilen!
TWB
Ich gehe aber nicht mit leeren Händen!
SPEISE-SAAL
Das werde ich sicherheitshalber mitnehmen!
SCHNAPP

Hallo! Taxi!
TAXI
VICTORIA HOTEL
XYZ
Zum Odeon-Theater!
Schon wieder dieser Polizist!
J. LYONS
Äh, bitte fahren Sie doch zuerst…
Schließlich…
Brrr! Das sieht ja unheimlich aus!
TAXI
ODEON
ODEON
BÜHNEN-EINGANG

ODEON THEATER
BÜHNEN-EINGANG
Ich hab Angst, aber ich muss wohl…
Puh! Nicht gerade anheimelnd…
Hallo, Mr. Thompson! Wo sind Sie?
Hier bin ich, Miss Minnie!
Gut... gut, Mr. Thompson!

Da sind Sie ja endlich! Sie haben aber lange gebraucht!
Oh! Äh… wo ist Micky?
Das werden Sie gleich sehen! Erst mal her mit den Fotos!
O nein! Die geb ich nur Micky persönlich!
Aber ich bin Thompson! Hat Micky Ihnen nicht gesagt, dass Sie sie mir geben sollen?!
Tja, leider reingefallen! Das war nur…
…eine Falle! Einen Mr. Thompson gibt es nicht! Sie haben mich angelogen!
So eine Hinterhältigkeit!
Hören Sie zu! Wenn Sie Micky retten wollen, geben Sie mir die Fotos! Sofort!
Ja, ich verstehe!

Aber schnuppern Sie erst mal!
Huch!
Haaa...tschi! Hust! Spotz!
Puh! Eine gute Idee mit dem Pfefferstreuer aus dem Restaurant!
Ich muss Micky finden!
Wo kann sie sich nur versteckt haben?
!!
Kommen Sie raus! Ich weiß, dass Sie hier sind!
Hoffentlich sieht er mich nicht!

Er könnte ihn im Keller eingesperrt haben!
Micky!
Minnie! Du hier? Aber…
Er hat mich angerufen und wollte die Negative, aber ich hab seinen Trick durchschaut!
Toll!
Wir müssen hier raus!
Ja, aber pass auf! Er sucht mich!
Har, har, har! Da sind sie ja, meine beiden Möchtegernschnüffler!
Ihr dachtet wohl, ihr könntet einfach so fliehen, wie?
Keine Angst, Minnie! Wir kommen hier schon raus!

Ha! Das werden wir erst noch sehen!
Schluss jetzt, Captain Blood! Pistole weg!
?!
Sie kommen gerade rechtzeitig, Herr Kommissar!
Versteht sich, Miss Minnie!
Minnie, du wusstest…
Na klar, Micky! Bevor ich hierherkam, habe ich noch Kommissar McKey Bescheid gegeben…
…und ihm alles berichtet!
Und ich habe Blood die Zeit gelassen, sich selbst zu entlarven!

Jetzt müssen wir nur noch die Juwelen suchen!
Ha! Die werden Sie nicht so leicht finden!
Ich glaube, ich weiß, wo sie sind, Herr Kommissar!
?!
Hier! Was halten Sie davon?
Aber das sind doch nur Bühnenrequisiten!
Sind Sie da so sicher?
Die **„Imperial State Crown“**!
Geniale Idee!
Eben! Wer kommt auch auf die Idee, die Kronjuwelen unter falschem Theatergeschmeide zu suchen!

Die auffälligsten Dinge übersieht man am leichtesten, stimmt's?
Knirsch!
Als ich den Schmuck da liegen sah, habe ich mir gedacht, dass nur echte Diamanten solches Feuer haben können!
Tags darauf wird Mr. Walker alias Captain Blood noch einmal in der Nähe des Tatortes verhört...
Wie haben Sie den Geheimgang entdeckt?
Durch reinen Zufall! In einem alten Buch über den Tower of London!

Ein englischer König hatte ihn einst bauen lassen. So konnte er sich unerkannt unter sein Volk mischen, um zu erfahren, was es von ihm hielt.
Nach und nach geriet er in Vergessen-heit!
Verstehe! Und Sie? Wieso haben Sie sich als Aufseher verkleidet?
Weil Besuchern nicht alle Teile des Turms zugänglich sind!
ZUTRITT VERBOTEN
Und ich musste in diesen Saal gelangen, ohne aufzu-fallen!
Wieso gerade in diesen?

Ganz einfach! Weil der Zugang zu den Kronjuwelen in diesem Kamin beginnt!
Nicht zu fassen!
KLONK
KLICK
Ich bin einige Male zum Kronjuwelensaal hinaufgestiegen, bevor ich den Raub endlich durchführte!
Ich hatte also genügend Zeit, die Alarmanlage zu studieren, um sie lahmlegen zu können!
Und nach dem Raub hielten Sie sich im Geheimgang versteckt?
Ja! Ich bin erst tags darauf mit der Beute getürmt!
Und dann war alles umsonst, weil der Scheich einen Rückzieher machte!
Tja, das war ein harter Schlag! Aber…

...wer weiß! In London hätte ich schon einen Hehler gefunden!
Wenn nur diese blöden Touristen mit ihren Fotos nicht gewesen wären! Aber...
Komische Gamaschen!
Halt!
...noch ist nicht aller Tage Abend!
He!
Es ist von innen blockiert!
Bleiben Sie hier! Ich versuche, ihn aufzuhalten!

Ich muss zum Kronjuwelen-saal!
Er wird versuchen, sich unter die Touris-ten zu mischen!
JEWEL HOUSE
Entschuldigen Sie vielmals!
Huch! Was soll denn das?
Wo ist denn nur der Ausgang?
Ich muss ihn sofort finden! Es geht um Sekunden!

Hinter einem Vorhang! Natürlich!
He! Wo wollen Sie denn hin?

Zu spät! Aber er kann noch nicht weit sein!
Jetzt hier entlang, bitte sehr!

Oh! Diese Gamaschen gehören doch…
…Mister Walker!
Nein!
Achtung! Haltet ihn fest! Das ist der Juwelendieb!
Argh! Du elender Schnüffler!
PLOPP
Halt endlich die Klappe!
Der ist bedient! Harharhar!

Hilfe! Helfen Sie mir aus diesem Ding raus!
DLÄNG
Haltet den Dieb! Er flieht!
Umpf!
BOING
Halt! Alles stehen-bleiben!

Ich stürze! Hilfe! Schnell! Einen Fallschirm!
KLONK
Wa... was ist denn passiert?
Bravo! Sie haben ihn geschnappt!
Äh... war ganz einfach!
Und so...
Ja, aber wie haben Sie ihn denn erkannt?
Der große Bühnenstar hatte natürlich eine Verklei-dung im Geheim-gang versteckt!

An seinen Gamaschen! Hahaha!
Oh! Tatsächlich? Hahaha!
Grrr!
Noch eine Frage! Wieso haben Sie eigentlich mit Captain Blood unterzeichnet?
Ich wollte wenigstens ein-mal im Leben mit einer schauspiele-rischen Leistung berühmt werden!
Ein Triumph, der mir leider bisher auf der Bühne versagt blieb!
Meine Anerkennung! Sie sind beide wirklich ausgezeichnete Detektive!
X 17

So! Hier ist unser Auto! Wir können fahren!
Wohin denn?
Bitte Geduld! Sie werden es gleich erfahren!
Jemand möchte sich persönlich bei Ihnen bedanken!
Oh! Das Gebäude kommt mir bekannt vor!

Das ist **Buckingham Palace**, die **Residenz** der **Königin!**
...und lässt Ihnen für die Aufklärung des Kronjuwelenraubes ihren tief empfundenen Dank aussprechen!

Nun, leider gehen auch die aufregendsten und kurzweiligsten Ferien einmal zu Ende…
Ich kann's kaum erwarten, nach Hause zu kommen und…
…meinen Freundinnen von unseren Erlebnissen zu erzählen! Die werden platzen vor Neid… hihihi!
ENDE

Created 1999

Giorgio Figus (Story), **Ottavio Panaro** (Zeichnungen)

…hinter diesem Wasserfall liegen!
Grummel!
Ächz!
PLATSCH
Brrr!
Ist das kalt!
Hier seht ihr **Agent IQ 001,** alias „Der Schrecken seiner Feinde“…
VRRRRR
…und seinen unerschrockenen Gehilfen **Agent IQ 00½,** alias „Der Schrecken seiner Freunde“.
IQ 001
DGD
IQ 00½
DGD
Und was jetzt…

Beide stehen im Dienste des **DGD** (Duck'scher Geheim-dienst). Eine Geheimorganisation zur Verteidigung von Dagobert Ducks Vermögen…
Argh!
FÖÖÖHHHN
DGD
DD ORGANISATION
Da seid ihr ja!
Wessen Idee war das mit dem Wasserfall?
Was habt ihr erwartet? Ein Willkommens-schild an der Tür?
Das ist nicht der richtige Zeitpunkt für Beschwerden!
Für dich ist nie der richtige Zeit-punkt!

DGD
Also, wer war es denn diesmal?
Wer besaß die Frechheit, dich auszurauben?
Ein verrückter Wissenschaftler oder gar eine kriminelle Organisation?
Weder noch! Es…
DD
DGD
…handelt sich um einen Journalisten.
Siggi Schreiber, ein skrupelloser und gemeiner Zeitgenosse.
KLICK
Informationen zufolge soll dieses Individuum…

…im Besitz einiger alter Ausgaben des „Klondike heute“ sein.
Und?
Warum beunruhigt dich das?
Weil darin über mich berichtet wird.
Und jetzt?
Nun ja… es ist von meiner Großzügigkeit die Rede.
Ist das dein Ernst?
Ja, leider!
Es handelt sich um seltene Momente jugendlicher Schwäche.
Aha!
Gelangen die Artikel an die Öffentlichkeit, ist mein Ruf ruiniert!
Äußerst tragisch. **Hihi!**

Macht ihr euch etwa über mich lustig? Ich kann darüber nicht lachen!
Wenn herauskäme, dass du einmal Geld verschenkt hast…
Genau!
Ihr sorgt dafür, dass diese Artikel nie veröffentlicht werden!
Schließlich seid ihr meine besten Agenten.
Genau genommen sind wir deine einzigen Agenten.
Das spielt keine Rolle!
Und so…
Das Büro von Schreiber befindet sich im obersten Stock dieses Gebäudes.

„Es wird Tag und Nacht von Männern der Security überwacht!“
SIGGI SCHREIBER
NICHT STÖREN!
Schöne Aussichten!
Ich habe alles genauestens geplant. Man kommt nicht von innen hinein…
…dafür aber von außen!
Herr Düsentrieb erwartet euch bereits! Er hat etwas, das euch für eure Mission dienlich sein könnte.
GENIE
AKTIV
PAUSIERT
Ihr schließt euch einer Gruppe von Extremkletterern an. Den…

„...Extrem Krassen Kraxlern!“
Hallo, Jungs!
Wie ihr sicher wisst, üben wir einen seltenen Sport aus.
Mithilfe dieser superstarken Saug-näpfe...
„...klettern wir an Fassaden von Hochhäusern hinauf.“
Heute wollen wir das Dach dieses Gebäudes erklimmen!
!
Meint ihr, es ist hoch genug?
Ähm...

Müssen wir da wirklich rauf?
Wir haben leider keine Wahl.
Wir müssen in Schreibers Büro gelangen, ohne dass man uns bemerkt.
Vorausgesetzt, wir kommen oben an.
Dann…
Hier, eure Saugnäpfe!
Ihr werdet sehen, das macht Spaß.
JAZZ
Mir schwant nichts Gutes…
!

Es gibt schon sonderbare Leute!
Genau so, Donald! Das machst du gut.
PLOPP
PLOPP
Du darfst niemals die Konzentration verlieren...
...sonst verlierst du auch den Halt!
PLOPP
QUIIIETSCHHH
Ein schöner Tag, um an der frischen Luft zu arbeiten.
Was?
Aaaaaah!

KRACH
Aua!
Wenn ich etwas hasse, dann sind es Störenfriede!
Nicht! Ich kann das erklären…
Du hast es eilig? Ich gebe dir etwas Antrieb!
Hilfe!
ZISCH
He, Achtung!
!
AFFEE
2 T.

SCHUBS
POLTER
BUMM
Vorsicht!
DONK
Früher war dieser Korridor ruhiger!
Au!
Ich verschwinde besser!
Ah, da bist du! Alles gut?
Nicht alles…
Ich habe unsere Spraydose verloren. Sie muss weggerollt sein!

Was ist darin?
Ein Gas von Herrn Düsentrieb.
Wer es einatmet, fällt sofort in einen tiefen Schlaf.
!
Keine Zeit, um es zu suchen!
Ja, wir müssen zu den anderen zurück!
53
Unser Sportstudio wird Ihnen gefallen, Herr Bling! Es ist sehr exklusiv.
Das hört man gern!
Es wird nur von motivierten Sportfans genutzt!
Das motiviert mich auch direkt!
SPORTSTUDIO SCHWUNG
So, da wären wir! Über-zeugen Sie sich selbst…

Huch!
!
SCHLAFGAS
D. DÜSENTRIEB
PLOPP
Wo habt ihr gesteckt?
Wir hatten einen… kleinen Notfall!
Ein faszinierender Sport, nicht wahr?
Sicher! Mich stört nur die Höhe.

Äh... ist das wirklich nicht gefährlich?
Wir machen das seit Jahren und es ist noch nie etwas passiert.
Könnten Sie das Fenster etwas öffnen?
TIPP TIPP TIPP TIPP
Aber sicher!
WUMM
Urgh!
PLOPP
Waaah!
BOING

Japs!
Aua!
Wieder du!
!
Wenn ich mich nicht klar ausgedrückt habe…
…muss ich eben deutlicher werden!
A-aber…
FARBE
Grrr!
Hilfe!

Willkommen zu unserer alljährlichen Betriebsversammlung, meine Herren!
Wir wollen heute in aller Ruhe über unsere nächsten Bilanzen diskutieren.
?!
!
BOING
BOING
BUMM
BUMM
Hab ich dich, Bürschchen!
Puff…
BONK
ZACK
BUFF
RAUF

Wo waren wir gleich?
Japs… welch Wahnsinniger! Zum Glück konnte ich ihn abhängen.
Hallo, ich bin Amateurfilmer!
Ja, und?
Könnten Sie das nochmal machen? Ich habe nicht alles im Kasten und…
?!

Man klettert höher…
Was machst du da?
Weiß ich nicht!
…mit weiteren Zwischenfällen…
?!
BÖRSE
Und…
Super! Ihr seid oben.
Endlich!
Wer hätte das gedacht!
Ich nicht.

Glückwunsch!
Für das erste Mal habt ihr euch wirklich gut geschlagen!
Ihr habt nun die Ehre, unsere Flagge zu hissen.
EKK
Wollt ihr nicht mit uns essen?
Später vielleicht! Wir wollen… das Dach erkunden.
Jetzt kommt der schwierige Teil.
Ich dachte, den hätten wir hinter uns?
Laut Karte ist Siggi Schreibers Büro… das da!

Keine Wachen weit und breit.
Also hatte Onkel Dagobert recht. Man erwartet von außen keinen Besuch.
Wie kommen wir rein?
Mal sehen…
Was ist das?
Hehe! Sieh her…
Ein mechanischer, Glas fressender Käfer.
Herr Düsentrieb denkt echt an alles!
Leg los! Guten Appetit…
HAPPS
MAMPF
KAU
KNURPS
Unglaublich.

Genug! Du hast deinen Teil erfüllt.
BÖRPS
Hmm… niemand zu sehen.
Gehen wir rein und hoffen, dass kein Alarm losgeht!
Wie protzig!
Es wird nicht einfach, die Zeitungen zu finden.
Sie können überall sein!
Mir gefällt es hier nicht.
Aha, wir haben Gäste!
KLICK
?!

Schätze, euch schickt Jack Rippe!
Äh…
Sie sind kein Journalist!
Blitzmerker!
Zu eurer Info, Gerd Goldlöckchen mein Name. Rechtschaffender Bürger.
Auch wenn die Polizei mich als Betrüger entlarven will.
Schätze, sie hat keine Beweise.
So ist es. Hehe!

Nun zu euch: Ich hasse es, wenn jemand ungefragt seine Nase in meine Angelegenheiten steckt!
Deshalb… schnappt sie!
Sofort, Chef!
Kommt ruhig etwas näher…
SPRÜÜÜH
Ganz schön schmierig, wie? Genau wie ihr!
WITSCH
Uh?
Die Dinger sind rutschig wie Öl!
Schnappt sie euch!

DONK
HAU
BAMM
ZACK
KLOPP
Uff!
ZACK
BAMM
RUMS
Klasse Erfindung! Zum Glück haben wir uns auch selbst eingesprüht.
Weg hier…
…bevor sie etwas merken. Ein Glück, dass sie uns nicht gefolgt sind.
Das hätte böse enden können…
U-BAHN
Unsere Lehrlinge!
Hallo, ihr beiden!

Ihr seht verwirrt aus. Ist etwas passiert?
Nein, nein… alles in Ord-nung!
ARZT
Aber sagt mal… ist das nicht das Apfel-Gebäude?
Aber nein!
Das ist sein Zwilling!
Das von dem ihr sprecht, ist…
MUSEUM
…das da!
!
RM
BUS
Da sind wir letzte Woche raufge-klettert.
Schluck!

So ein Pech!
Wieder stellen sich Onkel Dagoberts Informationen als ungenau heraus.
Was sollen wir jetzt machen?
Theoretisch müssen wir noch mal von vorne anfangen!
Nur, dass wir diesmal keine Kletterausrüstung mehr haben.
O weia!
Ehrlich gesagt, bin ich nicht gerade begeistert…
Haben wir eine andere Wahl?
Etwas später…
Was treiben die beiden bloß so lange? Sie sollten längst zurück sein!

Ein Eilbrief für Sie, Herr Duck!
Ah, danke!
Aus Japan! Wer wohl…
JAPAN
AIR
?!
„Lieber Onkel Dagobert, wir sind mit den Extremkletterern in den fernen Osten aufgebrochen, wo wir uns mit anderen…“
„…Extremsportlern zusammentun, um die höchsten Gebäude der Welt zu besteigen. Wir haben nicht vor, in nächster Zeit nach Hause zurückzukehren!“
ENDE

Created 2017

Tito Faraci (Story), **Emmanuele Baccinelli** (Zeichnungen)

1
716-761
176-761

TTT
ENDE

Massimiliano Valentini (Story), **Giampiero Ubezio** (Zeichnungen)

Walt Disney

Auf Streife mit Dussel

Fausto Vitaliano (Story), **Enrico Faccini** (Zeichnungen)

Und nun auf zum nächsten Einsatz!
He! Und was wird aus mir?
WROMM
Klarski und Klatsch sind die Größten!
Gebt mir wenigstens Geld für ein Taxi!
O ja!
KLICK
Ich würde auch gern Gangster mit dem Motorrad jagen! **Wromm! Wroarr!**
So einfach ist das nicht!
Dazu müsstest du erst einmal Polizist sein! Und dann brauchst du noch ein Motorrad!
Das lässt sich alles regeln! Wart's ab!
Wo willst du denn hin, Dussel?
Ich eile, die Mensch-heit zu beschützen!
Ob mit dem Popcorn was nicht in Ordnung war?

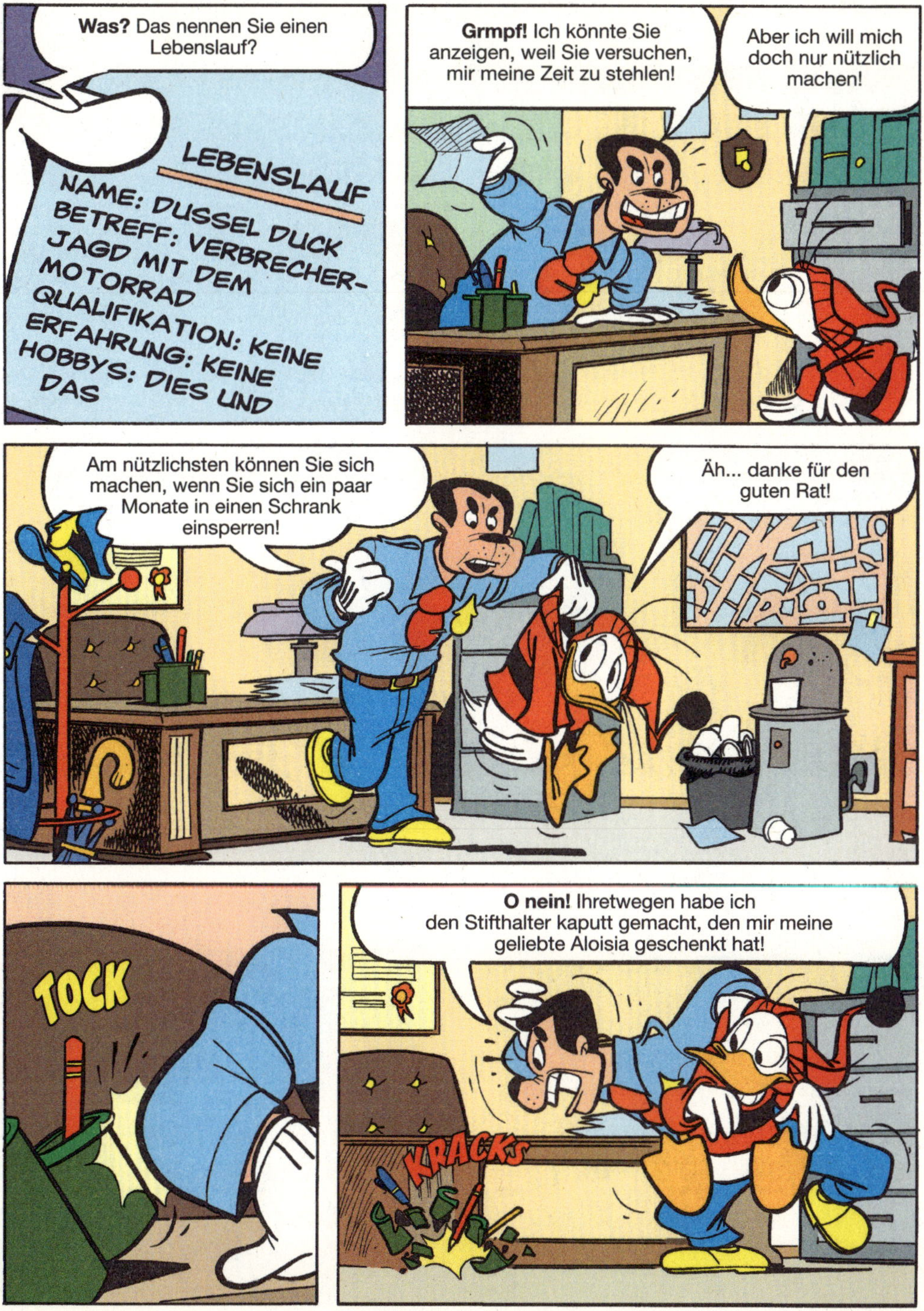
Was? Das nennen Sie einen Lebenslauf?
LEBENSLAUF
NAME: DUSSEL DUCK
BETREFF: VERBRECHER-JAGD MIT DEM MOTORRAD
QUALIFIKATION: KEINE
ERFAHRUNG: KEINE
HOBBYS: DIES UND DAS
Grmpf! Ich könnte Sie anzeigen, weil Sie versuchen, mir meine Zeit zu stehlen!
Aber ich will mich doch nur nützlich machen!
Am nützlichsten können Sie sich machen, wenn Sie sich ein paar Monate in einen Schrank einsperren!
Äh... danke für den guten Rat!
TOCK
O nein! Ihretwegen habe ich den Stifthalter kaputt gemacht, den mir meine geliebte Aloisia geschenkt hat!
KRACKS

Raus hier!
Halt! Warten Sie doch, ich... aua!
Ächz! Na, was soll's! Der Anfang einer Karriere ist immer das Schwierigste!
BAR
HOTEL
PIZZA
KURIER
Schau an! Diese Anzeige kommt mir gerade recht!
Ja! Das ist die Chance, auf die ich gewartet habe!
GESUCHT: ÜBERWACHUNGSKRÄFTE MIT MOTORRAD FÜR WICHTIGE AUFGABEN! - NÄHERES UNTER: 61-61-610
Das wär auch was für Donald! Da bin ich mir sicher!

Am Tag darauf...
Nein! Das kommt gar nicht in die Tüte!
Ein Nein akzeptiere ich nicht, Kollege!
Was soll das? Seit wann sind wir Kollegen?
Ganz einfach, geliebter Vetter! Seit unsere Bewerbungen als Motorradstreife angenommen wurden!
Aber ich habe mich gar nicht beworben!
Tja, das habe ich für dich erledigt!
Jetzt fehlen dir glatt die Worte, was? Und das ist noch bei Weitem nicht alles, Kollege!

Da stehen unsere Maschinen! Wir bilden nämlich ein Team!
Ächz! Mir schwant Übles! Wo hast du die denn her?
Ich habe sie gekauft! Natürlich musste ich dafür ein paar Wechsel unterzeichnen!
Ach ja? Und in wessen Namen? Sicher nicht in deinem, oder?
00 75
00 76
Dreimal darfst du raten! In deinem, das ist doch wohl klar! Morgen fangen wir an! Wir sollen den Regierungssitz überwachen!
Glbs!
Ich dachte mir schon, dass dich die Freude übermannt!
PAFF

So...
Hrmpf! Und was springt für mich dabei raus?
In den ersten drei Monaten gar nichts! So lange dauert nämlich die Probezeit!
Ich fasse es nicht! Und nach der Probezeit?
Nun... das werden wir dann schon sehen! So, wir sind am Ziel!
Das nennst du einen Regierungssitz? Für mich sieht das aus wie eine Poststation außer Betrieb!
POSTAMT NIRGENDWO
ERÖFFNUNG DEMNÄCHST
66
Unsinn! Lass dich nicht von der äußeren Erscheinung verwirren, Kollege!
In ein paar Monaten stehen hier die dicksten Paläste!
Und an so was glaubst du, hm?
Unterdessen, in einem „dicken Palast“...
Mach schon, Ede, bevor der Alarm losgeht!
G. ROSSKOPF INDUSTRIELLER

Nur das hier noch, Dicker, dann verschwinden wir! Wie gut, dass der Köter alle Klopse mit dem Schlafmittel gefressen hat!
SCHNARCH
Nimm den Weg über das Postamt von Nirgendwo!
Was findest du an der öden Gegend denn reizvoll?
Na, dass sie verlassen ist! Wir sollten jetzt auf keinen Fall irgendwelchen Plattfüßen begegnen!
Ganz schön clever, Ede!
Nicht allzu weit entfernt...
Jetzt stehen wir seit Stunden hier herum, und das einzige Lebewesen, das wir in dieser Zeit gesehen haben, war ein Eichhörnchen!
Na ja... immerhin hat es verdächtig ausgesehen!
WROMM
66
LAND-STRASSE

Allerdings! Am liebsten hätte ich ihm die Fingerabdrücke abgeno... **oha!** Was soll das denn werden?
Die haben es wohl eilig, wie?
QUIETSCH
Pass auf! Die Tür ist offen! Da fällt alles raus!
WROMM
QUIETSCH
Mach schon, Ede! Da kommen zwei in Uniform angelatscht!
Nur die Ruhe! Ich tu, was ich kann!
Alles in Ordnung?
POSTAMT
Guten Abend! Ich bin der motorisierte Polizist Dussel und das da ist mein Kollege! Brauchen Sie Hilfe?
Da-danke, sehr freundlich! Nicht nötig!
Ach was, wir packen doch gern mit an! Stimmt's oder hab ich recht, Kollege?
Klar! Warum auch nicht!

Was für Transporte machen Sie eigentlich?
Nun, um die Wahrheit zu sagen...
...wir sind nur Helfer!
Aha! Und wem helfen Sie?
Dem Weihnachtsmann!
Wie war das? Dem Weihnachtsmann?
Ja, ganz genau! Jedes Jahr werden eine Menge Geschenke falsch ausgeliefert...
...und landen im Keller! Die holen wir dann im Sommer und bringen sie zum Weihnachtsmann an den Südpol!
Lebt der nicht am Nordpol?
Das hängt ganz davon ab, von wo aus man es betrachtet!
Von Süden oder von Norden!

Und was passiert dann mit den Geschenken?
Die reißen wir uns unter den... **aua!**
Die werden recycelt oder vernichtet!
Dann hat der Weihnachtsmann doch sicher nichts dagegen, wenn ich das hier behalte, oder?
Aber das ist eine Vase aus dem Frühmittel... **uff!**
Nehmen Sie sie nur! So, wir müssen jetzt weiter!
POST
NIRGEN
He! Und was ist mit dem Bild?
LALÜLALA
Los! Schnell weg hier!
Die schenke ich dem Kommissar! So was gefällt dem bestimmt!
Die Kollegen! Wen die wohl verfolgen?
LALÜLALA
POLIZEI

Danke! Nett, dass Sie daran gedacht haben!
So liebe ich meine Mitarbeiter! Und nun: Marsch an die Arbeit!
Klar, Herr Kommissar!
Siehst du? Man muss eben auf sich aufmerksam machen!
Ich will sofort den Kommissar sprechen!
KOMMISSAR
Bei Herrn Rosskopf, dem Großindustriellen, wurde eingebrochen! Wann fangen Sie endlich die Täter?
Bei wem?
Bei Herrn Rosskopf! Er ist einer der reichsten Bürger der Stadt und hat alles verloren!
Argh! Vorsicht, Herr Bürgermeister!
VILLA ROSSKOPF GEPLÜNDERT
KRACKS

So tun Sie doch endlich was, Herr Kommissar!
Huch! Aber das da ist...
KUNSTWERKE IM WERT VON MILLIONEN GERAUBT!
Du wirst schon sehen, der Kommissar meldet sich sicher bald bei uns! Dann werden wir befördert!
He, Sie da! Moment!
Der Kommissar möchte Sie dringend sprechen!
Na? Was hab ich gesagt?
So einer kennt sich mit Menschen aus!
Was sind Sie nur für ausgemachte Idioten!
Uffz! Schluck!
Das hier gehört eindeutig zur Beute! Wo haben Sie das her?
Nun, äh... da waren diese Leute...

Sie sagten, sie seien Mitarbeiter...
...vom Weihnachtsmann!
GESUCHT!
BODO BANANA
Ausgemachter Unsinn! Sie geben jetzt auf der Stelle unserem Zeichner eine präzise Beschreibung!
Nun, der eine schien eher...
Dafür war der andere umso...
Hmpf! Etwas genauer bitte!
Ja, perfekt!
Das sind die beiden!
Gibt es denn auch eine Belohnung?
Dann fahren wir gleich los und verhaften sie!
Hier! Das ist schon mal ein Vorschuss!
Aua! Danke!
P

Eins steht ja wohl außer Frage! Diesen Fall müssen wir einfach lösen!
Warum? Willst du etwa noch so eine Belohnung?
POLIZEI
Ich werde dir erzählen, wie ich die Sache sehe! Die beiden Helfer des Weihnachtsmanns sind in dunkle Geschäfte verwickelt!
Ja, und?
„Nachdem sie die Geschenke eingesammelt haben, bringen sie sie nicht dem Weihnachtsmann, sondern verkaufen sie auf eigene Rechnung!“
Aber wir werden das verhindern! Klar?
So? Wie denn das?
Indem wir jeden Wagen kontrollieren, der uns verdächtig vorkommt!

„Wir stellen den Fahrern direkte Fragen und kommen so der Sache schnell auf die Spur…“
„…hoffe ich jedenfalls!“
Unzählige direkte Fragen und Antworten später…
Schließlich…
FLAP
Vielleicht sollten wir lieber die Strategie ändern!
Was schlägst du vor, Kollege?

Wir machen es wie Klarski und Klatsch! Auf dieser Karte sind alle Keller verzeichnet, in denen liegen gebliebene Geschenke sein könnten!
Interessant! Und weiter?
Jetzt markieren wir alle Punkte mit Fähnchen! Moment...
BOPP
BOPP
BOPP
BOPP
BOPP
BOPP
BOPP
BOPP
BOPP
Und schließlich erhalten wir ein signifikantes Muster!
Eine Kaffeekanne?
Daraus folgt, dass der nächste Keller, den die beiden aufsuchen, hier liegt!
BOPP

Hier steigen wir ein, Dicker! Das ist die Nationalbank!
BOPP
Und wann soll die Sache steigen, Ede?
Morgen früh! Morgen ist Samstag und die Bank geschlossen! Also wird uns keiner stören!
Am Tag darauf...
Das ist das Haus, in dessen Keller die betrügerischen Helfer stecken müssen! Los, sehen wir gleich nach!
Aber vorher wird in Ruhe gefrühstückt!
Dazu ist keine Zeit! Erst kommt die Pflicht, dann das Vergnügen!
Wenn du meinst...
Fertig?
Fertig!

Bist du so weit, Ede?
Klar, Dicker! Kann losgehen!
NATIONAL-BANK
Der Tresor!
Sieh nur! Was mag hinter dieser Tür sein?
Das wissen wir erst, wenn wir sie geöffnet haben, Kollege!
Autsch!
WOMM
Es ist ganz einfach! Die Tür war offen, sie geht lediglich nach innen auf!
Aua! Au! Ich hasse Türen, die falsch rum aufgehen!
KNARZ

Los doch, Dicker!
Etwas Geduld! Gleich hörst du das typische Geräusch einer Tresortür, die um Einlass bittet!
Nur noch eine Drehung! Hehe!
Huch! Und was machen wir jetzt?
Das fragst du mich, Kollege? Wir gehen da rein!
Na dann, mal sehen...

Jetzt ist es gleich so weit, Ede! Was ist los? Was hast du denn?
Sieh doch mal! Da ist noch eine Tür!
Egal! Los, hilf mir lieber mal!
Schon gut! Hm...
Da ist noch eine Tür! Und sicher geht die auch falsch rum auf!
Ich will, dass du aufgehst! Klar?
WUMMER BUMM
Hörst du das? Was sind das für komische Geräusche?
Vergiss die Tür! Dies hier ist ein Panzerschrank mit Wänden aus Stahl!

Warte mal, Dussel! Ich glaube, die Tür geht auch wieder nach innen auf!
Leicht wird das nicht! Aber mit etwas Anlauf...
Aha! Jetzt ist nichts mehr zu hören!
Was hab ich dir gesagt?
Und los!
KRACH
Dann hab ich mich wohl geirr... umpf!
Huch! Aber was...
So was! Das sind ja die falschen Helfer!
Auweia! Das sind die beiden Idioten!

UIUIUIUIUI
O nein! Der Alarm!
Nichts wie weg hier, Ede!
Weg? Von wegen!
Ihr bleibt hübsch hier! Verstanden?
Und ihr werdet brav die Geschenke beim Weihnachtsmann abliefern!
Schöne Helfer seid ihr! Pfui!
Autsch! Hilfe!
Alarm! Ein Einbruch in der Nationalbank!
Schnell, schicken Sie alle Mann zum Tatort!
LALÜLALA
LALÜLALA
POLIZEI
POLIZEI

Schämt ihr euch nicht, Sachen zu verhökern, die euch nicht gehören?
Wie kann man nur den Weihnachtsmann betrügen!
Aber was reden Sie denn da?
Polizei! Hände hoch!
Tag, Herr Kommissar!
Sie schon wieder?
Bitte retten Sie uns vor diesen...
...Wahnsinnigen!
Und so...
Ich wusste gleich, dass die beiden Hochstapler sind! Wenn sie wirklich Helfer des Weihnachtsmanns wären, würden sie doch Zwergenkostüme tragen!
Seufz... was Sie nicht sagen!
ANK

Na, immerhin haben Sie einen schwierigen Fall gelöst! Und die Beute aus der Villa Rosskopf ist auch da!
NATIONALBANK
POL
Alles, bis auf ein Stück!
Also...
Es tut mir sehr leid, Herr Rosskopf, aber diese Vase ging leider zu Bruch! Ich habe die Teile eigenhändig wieder zusammengeklebt! Und nun ist sie wieder wie neu... äh... antik!
Machen Sie sich deswegen keine Sorgen, Herr Kommissar! Das ist nur eine wertlose Imitation!
Glbs!
KRACKS
Dann haben Sie alles wieder?
Alles, bis auf ein wertvolles Bild! Es ist ein Gemälde von Zablo Zirkolo...

„...und trägt den Titel ‚Die runden Quadrate'! Ich hatte es gerade für sehr viel Geld erworben!“
Ich bin sicher, es findet sich auch wieder ein, Herr Rosskopf!
Seufz! Das hoffe ich! Es muss ja irgendwo sein!
P
Ich bitte dich, Kollege!
Nenn mich nie wieder Kollege! Ich weiß genau, was ich tue!
Ich habe nicht die Absicht, weiter als Motorradstreife zu arbeiten!
Was willst du denn sonst tun? Du kannst doch nicht den lieben langen Tag Darts spielen!
Warum denn nicht? Das ist gesund, entspannend und vollkommen ohne Risiko!
Hast du eine neue Zielscheibe?

Das ist eins von den Weihnachtsgeschenken, die keiner wollte!
Kein Wunder, so wie die aussieht!
Nach den Nachrichten senden sie eine neue Folge von Klarski und Klatsch, hihi!
Au ja! Toll!
Hier sehen Sie das Bild, um das es geht...
Für die Wiederbeschaffung in gutem Zustand hat der Besitzer eine Belohnung von einer Million Talern ausgesetzt! Und nun sehen Sie die neuste Folge von „Klarski und Klatsch“...
Aah, endlich!
Das erinnert mich an was...
Dussel, hast du nicht auch manchmal das Gefühl, was übersehen zu haben?
KLARSKI & KLATSCH
Sicher! Neulich zum Beispiel...
...hab ich glatt eine rote Ampel übersehen! Äh... warum fragst du?
Ach, nur so!
DAS RÄTSEL DES VERSCHWUNDENEN BILDES
Aus reiner Neugier!
Still! Die Sendung fängt gerade an!
ENDE

Created 2002

Augusto Macchetto (Story), **Andrea Ferraris** (Zeichnungen)

Danach kannst du dein Büro aufräumen. Dann gibt es keine Lawinen mehr, wenn die Tür aufgeht.
KRACKS
Das war doch nur, weil ich Platz für mein Bild schaffen musste.
Sieh's dir an. Ist das nicht ein traumhaftes Panorama?
Wie der Blick durch dein Bürofenster.
Eben darum harmoniert es ja so. Findest du nicht?
Uff!
Dring!
Außerdem scheint im Bild immer die Sonne, auch wenn es draußen regnet.
Allô? De Mauss am Apparat…

Aha… aha… aha… bin gleich da.
Dreimal „Aha“. Dann ist es etwas Ernstes.
„Sogar etwas äußerst Ernstes…“
Da ist der Herr Kommissar.
HOTEL PETIT GRAND
Treten Sie bitte ein, Messieurs. Ich hatte heute schon genug Negativwerbung.
RUE ILLUSTRE

Ich bin Xavier, Eigner des Hotels.
Angenehm, de Mauss.
Dumaus, wie der Autor der Kamillen-dame?
Nein… **Schnaub!** Ich heiße de Mauss!
Nehmen Sie es ihm nicht krumm. Er kann Gesellschaftsromane nicht ausstehen.
Umpf! Kommen wir zur Sache.
Gewiss… wir hatten insgesamt zwanzig namhafte Gäste…
„Alberto Atonato, der Startenor der Malländer Scala.“
„Paula und Pepe Pfanntastisch, TV-Köche aus Berlin.“
„Grant Earl of Grimm, ein übellauniger britischer Gentleman…“
Pfff!
„…sowie 16 weitere Prominente.“

Sie begaben sich gestern Abend auf Ihre Zimmer und heute Morgen waren fast alle verschwunden.
Fast alle?
Einer ist noch da, der berühmte Illusionist Lorien Latrick.
Aha!
Noch ein „Aha“. Das wird übel enden.
Ein schwieriger Fall. Ich sehe schon die Schlagzeilen…
PARISER KURIER
PROMINENTE AUS HOTEL VERSCHWUNDEN!
WURDEN SIE ENTFÜHRT?

Das ist Herr Latrick!
Tag! Kommissar de Mauss.
Wie der Schriftsteller?
Schnaub! Nein, der heißt bekanntlich Dumaus.
Sind wir heute wieder nervös…
Sagen Sie mir, wie Sie die Nacht verbracht haben?
In meinem Zimmer, neue Tricks üben.
„Gegen drei Uhr morgens vernahm ich ein Knarren oder Kratzen…"
KNARRR

Guido, der Page der Etage, hat weder etwas Verdächtiges gehört noch gesehen…
Jedenfalls bis eben. Da habe ich diesen Brief im Aufzug gefunden. Ist das ein Indiz?
Nun, einen Erpresserbrief würde ich sogar als Beweis bezeichnen.
Aber dann wurden sie ja wirklich…
PARISER ECHO
ENTFÜHRT!
19 PERSONEN VERSCHWUNDEN. ERMITTLUNG FÜHRT MICK DE MAUSS!
„ICH HEISSE NICHT DUMAUS WIE DER AUTOR, SONDERN EINFACH NUR DE MAUSS!"

Also gut! Ich sehe mich um. Du behältst Latrick im Auge.
Klar.
Aber er darf dich nicht entdecken. Am besten, du verkleidest dich erst mal.
Schon geschehen. Meinst du, Latrick kommt darauf, wer ich bin?
Aargh!
Stimmt etwas nicht?
Nein, nein… gehen wir.
Manchmal frage ich mich schon, wie er das macht.
Lassen Sie mich allein, ich muss nachdenken.
Ist recht, monsieur le commissaire.

Hm… die Zimmer sind komfortabel möbliert… aber wieso wurde das Bett an die Wand geschraubt?
So! Das sieht besser aus.
Nanu? Immer noch hier, Goofotte?
Ein Bild lag im Flur. Da habe ich den Nagel wieder in die Wand geschlagen und…
Das hätte ich doch hören müssen… offenbar sind die Zimmerwände schalldicht.
Außerdem fehlt hier etwas…
Ich gehe dann jetzt mal.
Ja, ja… **aaargh!**
Oh, là, là! Wir sind inzwischen sogar sehr nervös…

Später...
METRO
Aber mit Latrick hat Mick recht. Auf den würde ich auch tippen.
Schau mal, das ist doch der Magier.
Bei seinen Vorstellungen verschwindet auch immer jemand...
Hat er nicht mit dem Fall in diesem Hotel zu tun?
Ja! Würde mich nicht wundern, wenn er hinter der Sache steckt.
Genau! Das wäre die beste Werbung für ihn.
Iiiek! Ein sprechender Hydrant!
Ups! Verzeihung.
Gute Kinderstube.
Kreisch! Er hat „Verzeihung“ gesagt!
Argh! Hast du das gehört?

In genau diesem Augenblick…
Bei all dem Luxus fehlt etwas in den Zimmern. Nur was?
Aha! Endlich strahlt Licht in die düsteren Kammern!
SCHNIPP
Kommissar! Seien Sie bloß vorsichtig! Was tun Sie da?
Oh! Ich war wohl etwas zerstreut…
Das passiert immer wieder. Beim Grübeln merkt er gar nicht, wohin er geht.
Es heißt, er sei mal bis nach Marseille getrottet.
Ja, aber einen anderen Fall hatte er schon in Lyon gelöst.

Ich hab's. Die Beleuchtung fehlt.
Aber vorhin, da haben Sie doch gesagt...
Vergessen Sie, was ich sagte. Fest steht, dass es in diesem Hotel keine Nachttischlampen gibt.
Weil sündhaft teure venezianische Lüster an den Decken hängen!
Oh!
Vergeuden Sie bitte keine Zeit mit solchem Unfug. Die Familien der Entführten werden gleich hier sein.
Scht, Chef! Ich habe die Fußarbeit abgeschlossen.
Aaah! Goofotte!

Dich in den Hilfs-kommissar verkleiden und mit mir kommen.
Was soll ich jetzt machen?
HÜPF HÜPF
„Hören wir mal, was die Eltern der Entführungsopfer zu sagen haben…“
Wir fordern, dass Löse-geld gezahlt wird.
Oder haben Sie inzwischen eine heiße Spur, de Mauss?
Dumaus… etwa wie der Schrift-steller…
Pfui!

Ich bitte Sie, meine Damen und Herren!
Wut hilft nicht. Solange sich der Erpresser sicher fühlt, wird er die Opfer festhalten.
Was, wenn er immer wieder Lösegeld von Ihnen fordert?
Dann zahlen wir. Wir sind doch reich.
Ich verspreche, alles zu tun, um den Fall zu lösen.

Das heißt, sinnieren, rekapitulieren, meditieren…
Schluck! Ich fürchte, es wird ein langer Marsch.
Ein sehr langer…
„…unvorstellbar lang…“
Er ist von Paris hierhergelaufen?
HALT! ZOLL
Ich stehe an der Grenze. Könnt ihr einen Wagen schicken… der Fall?
Nein! Dazu hätte ich weitergehen müssen, aber ich habe meinen Personalausweis nicht dabei.
?

Und so...
Wie ist es mit dem Laufband, dass wir gekauft haben, Chef?
RATTER!
Murmel... grübel...
Es ist bereits heißgelaufen.
Nein, es wirkt nicht. Ich muss mich frei bewegen können...
Ächz!
Ich werde meine Verlobte besuchen. Kommst du mit, Goofotte?
RUE MONTICULE
Goofotte? Oh, die Laterne ist echt.
POCK POCK
Richtig! Ich kann ohnehin nicht mitkommen, weil ich zu tun habe.
POST
Argh! Ich werde mich nie daran gewöhnen.

Später...
So viele Leute. Da finde ich sie doch nie.
Verzeihung! Ich habe eine Durchsage zu tätigen!
?
Ich suche die Gastgeberin! Weiß jemand, wo sie steckt?
Ja, hier!
Ups! Tut mir leid.
Schon okay! Wie schön, dass du meine Moden-schau mal nicht ver-gessen hast.
Äh, genau!
Seufz!

Ganz Paris ist da! Künstler, Botschafter, Sportler und…
Ich fühle mich wie ein kleines Licht.
Ach was! Gegen das brillante Strahlen deines Genies sind die doch nur flackernde Funzeln.
Sag mal, wann gibt es Essen?
Gleich, aber du kannst dich auch jetzt schon bedienen, Mick.

Mijam! Darf ich?
Bitte, Monsieur.
Mampf! Nicht übel, die Häppchen… etwas trocken vielleicht…
Soll ich Wasser zur Tischdekoration reichen?
Hehe…
Wieso unterlaufen mir andauernd solche Fehlgriffe?
Ich bitte Sie! Das Kleid ist von Schoko Kanell!
Oje! Ich hielt es für eine Serviette.
Comment? Wer wagt es, meine Création für einen Schlabberlatz zu halten?
Schoko, beruhige dich.
Urgh!

Nach weiteren Tritten ins Fettnäpfchen…
Grumpf! Ich habe meine besten Kunden verloren und nach der Prügelei muss ich den Garten neu gestalten lassen!
Ich weiß, das wirst du mir nie verzeihen…
Quatsch! Du bist der Beste! Was interessieren mich diese Langweiler. Du bist mein Kommissar.
Und weil du extra dafür gekommen bist, mach ich die Modenschau nur für dich.
Wow!
Et voilà! Der Sommermantel mit zwei Seiten. Grün für den Frühling und gelb für den Sommer…
Hm… aber…

Bedeutet das etwa, man kann diesen Mantel entweder in grün oder in gelb tragen?
Klar! Du musst ihn nur wenden.
Das ist ja fantastique!
Ja, er verkauft sich wirklich nicht übel.
KLATSCH
Wir sehen uns! Aber jetzt habe ich meinen Auftritt im Hotel!
ZISCH
Kurz darauf...
Ich habe ihn festgehalten. Er will nach Amerika.
Man hat schließlich dringende Tournee-termine.
Gut gemacht, Goofotte.

Den Pagen habe ich auch aufgehalten. Er wollte zum Bahnhof.
Aha!
Mein Vetter hat eine Fahrt mit dem Orientexpress gewonnen. Ich wollte gratulieren.
Das sagt natürlich alles.
Gute Arbeit.
Ja, und? Wer ist denn nun der Schuldige, Kommissar de Mauss?
Niemand…
…abgesehen von Ihnen!
Was sagen Sie da?

Und ich behaupte sogar, dass keiner der Entführten jemals das Hotel verlassen hat.
Oh!
Was macht Sie da so sicher?
Dass sich 19 Personen nicht so einfach unbemerkt aus einem Hotel befördern lassen.
Vielleicht hat er sie betäubt.
Dann hätte er einen Bus gebraucht, um sie fortzubringen. Außerdem hätte er dann…
„…die Zimmer nicht schallisolieren müssen."
HÄMMER HÄMMER

Das habe ich für meine Gäste gemacht. Niemand mag in lauten Absteigen unterkommen.
Zweifellos.
Aber wieso sehen die Betten unbenutzt aus? Das hat mich gleich stutzig gemacht, Xavier.
„Genauso wie der Umstand, dass Bett und Nachttisch an der Wand fixiert sind...“
Und mir fiel auf, dass es weder Steckdosen noch Schalter gibt...
...weil wir es hier mit einer Drehbühne zu tun haben, nicht wahr?
Grrr! Sie Spielverderber!

Die Entführung lief wie folgt ab: Kaum war der ahnungslose Gast in seinem Bett eingeschlafen…
„…betätigte Xavier den Mechanismus der Drehbühne und bugsierte so den Gast…“
VRRRRRRR
Z!
„…in einen verborgenen Nebenraum, wo er ein übles Erwachen erlebte.“
Nanu?
„Und weil das Hotel so gut schallisoliert ist, hat niemand die Hilferufe gehört…“

Ich hoffe, Ihre Opfer müssen nicht hungern und dürsten.
Müssen sie nicht, Herr Kommissar. Eines haben Sie aber nicht bedacht…
KLACK
…dass ich nämlich stets auf alles vorbereitet bin.
Ich habe ein Vermögen investiert, um mein Hotel in eine Falle zu verwandeln.
Und ich habe Jahre gewartet, bis ich diesen Coup landen konnte.
Alle Zimmer waren von reichen Leuten gebucht. Unter ihnen sogar einer, auf den der Verdacht fallen würde.
KLICK
Lorien Latrick! Bekannt dafür, dass in seinen Vorführungen immer jemand verschwindet.
Urgh!

Wie sind Sie dahinterge-kommen?
Durch einen Wende-mantel… aber das ist eine andere Geschichte.
BONK
Schade, dass Sie kaum die Zeit haben werden, die zu… autsch!
D-die Garderobe hat sich wie durch Gespensterhand bewegt.
Nein! Ich wette, das war Goofotte. Wo steckt er denn nur?
Danke, mon ami.
De rien.

Alsdann, schreiten wir nun zur Befreiung des Gefangenen…
KLUNK
…indem wir die Wand wenden!
VRRRRRR
VRRRRRRRRRRR
Endlich hat das Harren ein Ende!
Das muss der Tenor sein.
Scharf kombiniert! Retten wir auch die anderen aus ihrer Not.
Und so…
DER EIFFELTURM
BEFREIT!
WIR WAREN HINTER WÄNDEN GEFANGEN!
DE MAUSS

Schätze, ich kann mit Fug und Recht von ausgezeichneter Arbeit reden.
Ich möchte nur zu gern wissen, was Goofotte da treibt.
WUMM
WUMM
KRACKEL!
Mon dieu! Jetzt ist ein Loch in der Wand!
Ich wollte nur…
…sichergehen, dass sich hier nicht auch ein Raum verbirgt. Außerdem können wir so bequemer reden.
Wie genial…
Echt?
Ein Paket für Herrn Kommissar de Mauss!
Von meiner Verlobten!
Und ich kann auch bequemer linsen. **Hehehe!**

„Du hast gesagt, es wäre fantastisch.“ Ich ahne etwas…
Na, bitte! Sie schenkt mir diesen Wende-mantel.
Klasse! Zieh ihn mal an!
Hier steht noch: „Der andere ist für Goofotte. Er kann ruhig mal mit der Mode gehen.“
Ähm… so genial ist das Loch gar nicht.
ENDE

Created 2012

Monica Manzoni (Story), **Giada Perissinotto** (Zeichnungen)

Created 2017

Riccardo Secchi (Story), **Libero Ermetti** (Zeichnungen)

BÜCHER AUS ALLER WELT
Schau an, eine internationale Buchhandlung. Vielleicht haben sie dort sogar mein Buch.
Und?
Duckoe … hm… der Name sagt mir was. Ich glaube, ich hatte ein Exemplar.
Es ist ein junger Autor… **hüstel…** sehr talentiert!
Aber ja doch! Jetzt fällt's mir wieder ein. Ein recht umfangreiches Werk!
Ja, genau!
Ein sehr passabler Umfang, was sage ich, genau der richtige. Sehen Sie nur!
Schluck!
E. A. DUCKOE
Sie haben auch so einen wackligen Tisch, oder? Ich gebe Ihnen das Buch zum halben Preis.
Danke, ich werde es besser noch mal genau abmessen. **Seufz!**

Bitte verzeihen Sie die Einmischung, aber ich habe aus Ihrem Gespräch geschlussfolgert, dass Sie selbst der Duckoe sind, nach dem Sie gefragt haben.
In der Tat! Dann haben Sie sicher auch geschlussfolgert, dass ich nicht sehr populär bin.
Nun, das bedeutet keineswegs, dass sie kein guter Autor sind. Die größten Geister sind der breiten Leserschaft oft unbekannt… Sie sind also in guter Gesellschaft!
Danke für die Aufmunterung!
Ich sehe außerdem, dass sie neu in Paris sind. Ich will nicht aufdringlich sein, aber falls Sie eine Unterkunft brauchen, könnten Sie bei mir wohnen!
Wirklich?
Es wäre günstiger als jede Pension, und Sie könnten in Ruhe schreiben. Damit wäre auch mir geholfen, denn ich will nicht verhehlen, dass mich gerade ein monetärer Engpass plagt.
Das klingt absolut schlüssig. Ich bin einverstanden!
Sehr schön, Herr Duckoe. Mein Name ist Auguste Duckpin. Ich wohne hier ganz in der Nähe.

Im trauten Heim…
Herrje, so viele Bücher! Sie könnten selbst eine Buchhandlung betreiben!
Wohl wahr! Ich bin ein passionierter Leser!
Das hier wird Ihr Schreibtisch sein. Ich mache Ihnen sofort Platz.
Holla!
Er ist nicht gerade riesig, aber immerhin stabil.
Im Notfall habe ich noch ein paar Ausgaben meines Buches im Gepäck. **Hehe!**
„Und so begann mein Aufenthalt im Hause von Auguste Duckpin."
„In den darauffolgenden Tagen widmete ich mich mit schöner Regelmäßigkeit dem Schreiben…"
„…und vertiefte die Bekanntschaft mit meinem neuen Freund. Er stammte aus einer wohlhabenden Familie und investierte seine bescheidene Pension fast ausschließlich in Bücher."

„Duckpin interessierte sich für nahezu jedes Wissensgebiet, was ihn zu einem hervorragenden Gesprächspartner machte. Unsere Unterhaltungen drehten sich um schwerwiegende Fragen…“
Der Terminus „Dinosaurier“ kommt aus dem Griechischen und bedeutet wörtlich so viel wie „Schreckliche Eidechse“!
Ulkig! Wusste ich gar nicht.
„… ebenso wie um leichtfüßige Themen…“
Hier steht, dass die Frau des Botschafters auf dem gestrigen Empfang ein ähnliches Kleid wie die Kammerzofe getragen hat. Als Dame von Welt hat sie die Sache mit Humor genommen und Hors d'oeuvres servieren lassen.
Das hat Stil!
PARISER NACHRICHTEN
„Wir verließen nur nach dem Abendessen das Haus und machten lange Spaziergänge. Seltsamerweise…“
„…verfiel Duckpin dabei in Schweigen!“
„Eine Angewohnheit, die ich schon bald zu schätzen wusste.“

„Eines Nachts jedoch…“
Er kommt aus Südamerika, aus Chile vielleicht…
Nicht unbedingt, ich habe ihn schon an der Ostküste… **Hoppla!**
Woher wissen Sie, woran ich gedacht habe?
Ganz einfach, mein Freund! Durch den Obsthändler.
Wie bitte?
Nun, vielleicht erinnern Sie sich, dass wir vor einer halben Stunde die Rue de la Gance entlang gegangen sind…

„... und dabei hat der Karren des Obsthändlers Ihren Mantel beschmutzt."
„Also haben Sie überlegt, ihn zur Reinigung um die Ecke zu bringen..."
„...und dabei ist Ihnen das Missverständnis mit dem Gürtel von Ihrem Morgenrock wieder eingefallen."
Aber ich sagte doch schon, das ist nicht meiner!
„Im nächsten Moment haben Sie in den Himmel geschaut, und da Sie in Fragen der Astronomie durchaus bewandert sind, haben Sie sicherlich..."
„...den Oriongürtel betrachtet, der aus den drei Sternen des gleichnamigen Sternbildes besteht. Und dies wiederum..."
„...hat Sie zu Orion geführt, dem mythischen Riesen mit der außergewöhnlichen Kraft..."

„...ein Name, den unsere Portiersfrau auch ihrem Papagei gegeben hat...“
Duck-oe!
!
Bonjour, Monsieur Duckoe!
ORION
„...über dessen Herkunft wir unterschiedlicher Meinung waren. Und so bin ich darauf gekommen, was Sie gerade beschäftigt.“
Hübsches Vögelchen! Kommt vermutlich aus einem exotischen Land. Vielleicht Chile.
Pah! Die habe ich auch in meinen Breiten schon gesehen...
Eine sehr beeindruckende Herleitungsmethode, Duckpin! So überraschend wie schlüssig!
Und obendrein einfacher, als sie scheint! Sie beruht auf schlichter Beobachtung.
Das Geheimnis liegt darin, eins und eins zusammenzuzählen!
Tags darauf...
Uff! Ich habe alles bezahlt, nur die Baguette habe ich auf Pump erstanden.
Oh, là, là, wir haben zu essen!

Für heute, ja! Aber in Zukunft müssen wir uns zur Kostendeckung etwas einfallen lassen.
Das werden wir! Aber haben Sie gehört, was in der Rue du Menue geschehen ist?
Nein. Erzählen Sie!
Es handelt sich um eine ziemlich mysteriöse Notiz im Lokalteil.
Lesen Sie vor! Ich bereite derweil eine gallische Suppe vor, für die ich in einem der alten Folianten ein Rezept gefunden habe.
Hmm…
„In einer Konditorei im Quartier St. Quack hat sich etwas höchst Merkwürdiges ereignet."
Patisserie Madame La Schneck
„Die Besitzerin, Madame La Schneck, und ihre Gehilfin Dalselle, hoch geschätzt bei allen Liebhabern köstlichen Backwerks…"

„...wurden ohnmächtig in der Backstube der völlig demolierten Konditorei aufgefunden."
„Auch im Ladenraum hat jemand gewütet, ohne jedoch etwas zu stehlen oder die Einnahmen des Vortages anzutasten."
„Der Fall erscheint umso mysteriöser, als dass die Türen und Fenster der Konditorei von innen verriegelt waren."
Patisserie Madame La Schneck
„Die beiden Damen stehen unter Schock und haben keine Erinnerung an das Geschehen."

„Einige Passanten berichten, Schreie in unbekannter Sprache gehört zu haben.“
Ich denke, es war Italienisch!
Ich würde sagen, Chinesisch!
ОН НЕ МОГ НИЧЕГО СКАЗАТЬ, МОЖЕТ БЫТЬ, ЭТО БЫЛ ФРАНЦУЗСКИЙ!*
*„Man konnte kein Wort verstehen. Vielleicht war es Französisch.“
Was halten Sie davon, Duckoe?
Interessant… Das Mysterium ist eine Erzählung wert.
Deshalb berichte ich Ihnen ja davon!
Vielleicht ließe sich der Fall mit Ihrer Herleitungsmethode lösen, Duckpin!
So könnten wir uns vielleicht auch ein paar Taler verdienen.
Nun, es wäre auf jeden Fall eine interessante Herausforderung.
Wir müssen uns den Tatort ansehen, aber das bedarf der Zustimmung des Präfekten. Kommen Sie, statten wir ihm einen Besuch ab!
Ausgezeichnet, vielleicht ist er ein begeisterter Leser!

Bonjour, Herr Präfekt!
Herein mit Ihnen, lieber Duckpin!
Darf ich vorstellen, Herr Duckoe, ein Dichter aus Amerika.
Und das hier ist mein Buch. Ich schenke es Ihnen!
Danke, nehmen Sie doch bitte Platz!
E. A. DUCKOE
Sie sehen besorgt aus. Liegt das vielleicht an dem mysteriösen Konditorei-Fall?
Nicht doch! Mir liegt ein viel heiklerer Fall schwer im Magen.
Aus Übersee ist ein bedeutender Geschäftsmann eingetroffen und sofort beraubt worden. Um eine seiner wertvollsten Preziosen.
Tatsächlich?
Der Fall hat absolute Priorität! Ich wage gar nicht, den diplomatischen Verwicklungen ins Auge zu sehen…
Das sollten Sie aber!

Da ist er… Guten Tag, Mister McDuck!
Uack! Sie?
Von einem guten Tag kann keine Rede sein!
Höchstpersönlich! Aber was treibst du hier?
Ich mache Arbeitsurlaub. Seit unserem Abschied* habe ich ein Buch veröffentlicht und…
*Ihr erinnert euch? Wenn nicht, einfach ein paar Seiten zurückblattern.
Ja, ja, schon verstanden! Und Sie sagen mir bitte, dass der Gauner hinter Gittern sitzt und Sie das Diebesgut haben.
Das würde ich Ihnen nur allzu gern sagen, aber leider…
Keine Ausflüchte mehr!
Legen Sie los, ich habe keine Zeit zu verlieren!
Beruhigen Sie sich, Mister McDuck! Erzählen Sie uns bitte genau, was geschehen ist.
Und wer sind Sie bitte?
Monsieur Duckpin ist ein Freund, und sein berühmter Scharfsinn könnte uns bei der Sache von Nutzen sein.
Und so…

Umpf! Hoffen wir mal, dass da was dran ist, Sie Intelligenz-bestie!
Aber sicher doch! Machen wir's uns bequem!
Ich bin für eine Versteigerung nach Paris gereist. Ich möchte hier ein Gemälde kaufen, dass ich in Kürze für eine aber-witzige Summe wieder verkaufen werde.
„Ich bin in einem günstigen Hotel abgestiegen…"
HOTEL HARPAGON
„… und während ich mich der Lektüre der Lokalpresse widmete…"
Pah, die haben ja hier keine Ahnung, wie man Zeitungen macht!
Allô, Monsieur McDuck, und willkommen in Paris!

Kennen wir uns, Gnädigste?
Ich bin Madame Gundelin, Sie werden in der Weltpresse sicher schon von mir gelesen haben.
Ich beschränke meine Lektüre auf den Wirtschaftsteil!
Schön für Sie! Aber ich weiß, warum Sie hier sind, und könnte Ihnen behilflich sein!
Und das natürlich gegen einen Obolus! Vergessen Sie's! Ich komme allein klar!
Wie Sie wünschen! Aber erlauben Sie mir…
…mein Näschen zu pudern.
Pust!
Röchel!
Hust, hust! Welch scheußliches Parfüm…
Huch! Sie ist weg!

Und mit ihr verschwand auch das Wertvollste, was ich besitze. Oder besser… besaß… **seufz!**
Und das wäre?
Meine Nummer Eins, der erste selbst verdiente Taler. Ohne ihn bin ich glücklos und dem Ruin geweiht.
Ich bitte Sie, das ist doch purer Aberglauben!
Das mag sein, trotzdem kriege ich momentan eine telegrafische Nachricht nach der anderen, dass Verträge in letzter Minute geplatzt sind. Und in Kürze beginnt die Auktion des Gemäldes.
Unglückselige Zufälle! Dessen bin ich sicher!
Hmm… Und wurde diese Madame Gundelin befragt?
Selbstverständlich! Die Gendarmerie hat ihr ganzes Haus durchsucht, ohne Ergebnis. Allerdings…
Allerdings was?
Allerdings scheint Madame über magische Fähigkeiten zu verfügen. Sie ist eine gefährliche Hexe!
Hahaha! Was reden Sie da? Hexerei existiert nicht!

Hexerei oder nicht, ich lasse tausend Taler springen, wenn ihr meine Nummer Eins wiederfindet!
Hm, ein verlockender Vorschlag aus intellektueller Sicht…
…und aus ökonomischer Sicht ebenso.
Sie werden nicht enttäuscht werden, Mister McDuck! Und angesichts Ihres Vertrauens will ich mich ebenfalls großzügig zeigen und Ihnen ein Exemplar meines Buches verehren.
Ausgezeichnet, ich werde sicher davon profitieren, genau wie unser Herr Präfekt.
Mon Dieu! Ich habe es ganz in Gedanken zum Feueranzünden verwendet.
Oha!
„Und so suchten wir Madame Gundelin auf, deren Haus an einem abgelegenen und düsteren Pariser Platz lag."
Überlassen Sie mir das Reden, lieber Duckoe!
Wenn sie darauf bestehen…
PLACE DU VÉSUVE

Bonsoir!
Guten Abend, Madame! Wir kommen vom Kataster-amt und katalogisieren…
…sämtliche Immobilien dieses Quartiers. Heute ist Ihr Domizil an der Reihe.
Ich bin sicher, ihr seid aus ganz ande-ren Motiven hier!
Ein gewisser Monsieur hat euch beauftragt, hier nach dem Taler zu suchen, den ich ihm angeblich gestohlen habe.
Oha, können Sie hellsehen?
Magic
Ich kann zumindest klar sehen, meine Herren!
Ganz ohne Zweifel! **Hehe!**
Also bitte, sucht nur! Ich habe zu tun!

Und gebt euch ein bisschen Mühe, mit diesem Herumgestöbere meine Unschuld zu beweisen!
Brrr... Dieses Haus macht mir Gänsehaut!
Gehen wir mit gesundem Menschenverstand ans Werk, dann gibt es keinen Grund, sich zu ängstigen.
Natürlich!
PFSSSH
Aaaah!
H-h-haben Sie g-gesehen?
Bewahren Sie Ruhe, mein Lieber, damit Ihr Denken nicht vernebelt wird.
Aargh! Diese Schreie... sind... unheimlich...

Das Haus ist verhext. Nichts wie weg hier!
Lassen Sie meine Jacke los und wappnen Sie sich mit einem Taschentuch.
Nehmen Sie! Damit schützen sie sich vor der verpesteten Luft hier.
Was?
Dieses seltsame Räucherwerk dort verbreitet ein Aroma grundlosen Grauens. Dabei gibt es hier nichts, wovor man sich fürchten müsste.
Schnief!
Was Sie für ein Gespenst gehalten haben, war nichts weiter als eine Phosphorwolke. Hervorgerufen durch das Öffnen der Schranktür, oder genauer durch Reibung der Substanz in den Scharnieren.
Oh…
Und die Schreie kommen von einer Geisterharfe und dem Luftzug, der durchs Fenster hereinweht.

Einfache Schmierentheater-Tricks, die nichts mit Magie zu tun haben.
Sehr beruhigende Erklärungen! Aber wir müssen dennoch diesen Taler finden, wenn wir uns die von McDuck versprochenen tausend Taler an Land ziehen wollen.
Aber in einem Haus wie diesem, voller Artefakte und Zeugs, brauchen wir Monate dafür!
Tja, zu dumm, dass ihr schon jetzt wieder gehen müsst!
Seht zu, dass ihr Land gewinnt! Und vor allem, dass ihr für mich unsichtbar bleibt!
Wie könnten wir einen derart freundlichen Rat ausschlagen?!
Eben, raus mit euch!
Ist ja gut…
Was, immer noch hier? Abmarsch, und zwar fix!

Berichtet dem alten Knauser ruhig, was ihr gesehen habt. Nämlich nichts!
D-das werden wir!
Auf Nimmer-wiedersehen!
Welch launenhafte Madame!
Stöhn… In Kürze beginnt die Versteigerung und wir haben nicht das Geringste vorzuweisen.
Sind Sie sicher, mein Lieber?
Denn das, was ich hier in der Hand halte, ist die kostbare Nummer Eins von Mister McDuck!
Nicht zu fassen! Wie… Wo…
Das erkläre ich Ihnen später. Jetzt sollten wir uns sputen, damit wir nicht zu spät zur Auktion kommen.
Auf geht's!
„Das war ein Punkt zugunsten des unvergleichlichen Duckpins, aber es sollte nur die erste einer langen Reihe von Überraschungen sein!“
ENDE
des ersten Teils

Riccardo Secchi (Story), **Libero Ermetti** (Zeichnungen)

Created 2017

Einundachtzigtausend… Zweiundachtzigtausend…
Her damit!
Zweiundachtzig-tausend Taler und zehn Kreuzer
Zweiundachtzig-tausend und zehn… zum Ersten… zum Zweiten…
Neunzigtau… **Huch!**
Wer bietet mehr?
Warten Sie! Mein Arm…
Zweiundachtzigtausend und zehn… **zum Dritten!**
Das Gebot geht an Monsieur McDuck.
Juhuuuu!
Sehen Sie? Das ist der Verdienst meiner Nummer Eins.
Wenn Sie das sagen…
Puuuh!

Wenig später…
Ein Ölgemälde der italienischen Renaissance, meisterhaft gemacht! Ein guter Kauf!
Fabelhaft! Damit werde ich ein kleines Vermögen machen. Hehe!
Sie haben die Sache gerettet, mein lieber Duckpin! Wie haben Sie das nur gemacht?
Nun, im Grunde war es gar nicht so kompliziert!
„Ich bin zu der Überzeugung gelangt, dass sich an einem Ort mit so vielen Verstecken etwas am besten verbergen lässt, indem man es…"
„…gut sichtbar präsentiert Und tatsächlich befand sich die Nummer Eins direkt hinter dem Eingang, in einer Dose mit Geldstücken!"
Von magischen Tricks kann hier also keine Rede sein!
Sehr scharfsinnig, mein Lieber!

Nun zu uns und den tausend Talern Belohnung…
Richtig, besprechen wir das! Angesichts einer so leichten Aufgabe würde ich mir an eurer Stelle nicht anmaßen, auch nur einen Taler Belohnung zu verlangen!
Sich für so geringe Mühen bezahlen zu lassen wäre niedere Profitgier, und das steht zwei so hochgeschätzten Literaten doch schlecht zu Gesicht!
Seufz…
Darf ich zu Ihrem Erfolg gratulieren?
Aber sicher doch, Madame! Hut ab vor Ihrem Sportsgeist!
Was sitzen Sie da rum? Verhaften Sie diese Missetäterin!
Ich rufe sofort die Gendarmerie!
Bemühen Sie sich nicht! Ich stelle mich meiner Niederlage und folge Ihnen ganz sanftmütig…
Auch wenn… Wirklich fabelhaft! Mir juckt es in den Fingern!
He, Hände weg von meinem Bild!

PUFF
?
!
?!
W-wo ist sie hin?
Von wegen keine Magie!
Grübel… Nur die Ruhe, Duckoe! Das ist nur ein weiterer Trick, wenn auch gelungen!
Zu gut, würde ich meinen!
„Die Missetaten von Madame Gundelin stürzten McDuck und den Präfekten in düstere Verzweiflung. Während Duckpin und ich…“
„…in Ermangelung weiterer Herausforderungen unsere tägliche Routine wieder aufnahmen und uns erneut dem Lesen und Schreiben zuwandten.“

Bis…
Für Sie, Monsieur Duckpin.
Duck-oe! Duck-oe!
Hallöchen, Duckoe!
Grummel!
Ein Brief vom Präfekten! Er möchte, dass wir den Tatort in der Rue du Menue in Augenschein nehmen. Dieser Fall könnte unsere detektivischen Fähigkeiten ernsthaft auf die Probe stellen.
Ich bin gespannt!
Und so…
Madame La Schneck, die Konditorin, wohnt über dem Geschäft. Aber wir beginnen unsere Inspektion noch weiter oben.
Auf dem Dach?
Ganz genau! Schauen Sie… das müsste der Kamin zur Backstube sein! Und hier hinauf zu kommen, ist kein Problem.
Überhaupt kein Problem, solange man schwindelfrei ist. **Japs!**

Aber der Schornstein ist recht eng. Selbst der Weihnachtsmann hätte hier seine liebe Not, wenn Sie mir diesen launigen Vergleich erlauben!
Hmm… fahren Sie fort!
Ah, da haben wir ja ein Indiz!
?
Was ist das?
Psst! Lassen Sie mich nach-denken!
Kommen Sie, wir müssen wieder nach unten.
Bitte, nach Ihnen…
Die Backstube sieht schlimmer aus, als die Zeitungen es ausgemalt haben!
Richtig, schauen Sie sich um und achten Sie auf die Details!

Sieh an, sieh an!
Ah ja... So muss es gewesen sein.
?
Später...
Zu welchem Schluss sind Sie gelangt?
Sie werden es bald erfahren, aber vorab muss ich meine These noch überprüfen.
Kann ich Ihnen irgendwie behilflich sein...
Sicher doch, mein Freund! Wenn ich auf Sie zählen kann...
KLOPF KLOPF KLOPF
Verehrtester! Welch große Freude, Sie wiederzusehen!
Willkommen in unserem Domizil, Oase des Studiums und des Geistes.
Hey!

Sie haben vielleicht Nerven, hier aufzukreuzen, nachdem Sie uns so schändlich übers Ohr gehauen haben!
Was erlaubst du dir? Ich kümmere mich lediglich erfolgreich um meine Geschäfte und Interessen!
Meine Herren, ich bitte Sie!
Verschwenden wir nicht unsere Energien auf den schnöden Mammon. Sagen Sie uns lieber, womit wir diesmal behilflich sein können!
Erstens, nennen Sie den Mammon nicht schnöde! Zweitens, haben Sie versäumt, mein Bild wiederzufinden!
Ihr spielt euch als Detektive auf und lasst die Sache halbfertig! Und dafür wollt ihr auch noch ein Honorar!
Nun… Sie müssen zugeben, dass die Umstände einer weiteren Untersuchung nicht förderlich waren!
Das gilt wohl auch für Ihre Gendarmen, was?
Wir haben alles durchforstet, aber leider… ergebnislos! Madame Gundelin und das Gemälde sind wie vom Erdboden verschluckt!
Schon gut, wir helfen Ihnen! Aber diesmal halten wir unsere Bedingungen vertraglich fest

Bittschön! Kicher!
Grmpf! Wucher!
Wenn wir Ihnen das Bild zurückbringen, verdoppeln Sie unser Honorar, und wir kriegen zweitausend Taler!
Außerdem übernehmen Sie die Druckkosten des neuen Buches von Edgar Allan Duckoe!
Grrr…
Hier habt ihr den Wisch, Blutsauger!
Sehr gut, jetzt sollten wir uns die Ermittlungs-akten ansehen!
Sie sind unten in der Kutsche!
Beeilung! Zeit ist Geld!
Ich hole sie!
Ich sehe, Sie kommen ja wohl ohne mich aus!
Wie Sie wollen, aber vorher noch eine letzte Frage…
„Wie blöd muss man sein, um freiwillig diese tonnenschweren Akten anzuschleppen!“

„Wir brüteten die ganze Nacht lang über den Papieren, bis schließlich…“
Viele Hinweise konzentrieren sich auf diesen Teil der Stadt.
Dann sollten wir uns die Gegend mal ansehen!
Aber vorher gönne ich mir ein Häppchen auf dem Obstmarkt!
Und ich gehe für eine warme Milch ins Bistro!
„Frisch gestärkt erreichten wir eine recht trostlose Gegend entlang der Seine…“
Sehen Sie mal!
Sind das vielleicht Indizien?
Das scheinen mir Fetzen von Madames Kleid zu sein…
Sehr merk-würdige Spuren!
Hm…

Sie enden hier am Ufer!
Folgen wir ihnen!
Nanu, ein Boot?
Madame Gundelin könnte damit bis hierher geflüchtet sein…
„…um dann den Stoff ihres Kleides dazu zu benutzen…“
„…ihr Beutestück abzutransportieren!“
Eine plausible These, wenn auch sonderbar!
Vergewissern wir uns und folgen der Spur in den Wald.

Das Ganze erscheint wirklich höchst seltsam!
Bibber!
Und dieser Ort trägt das Seine dazu bei!
Sehen Sie mal dort, die Lichtung…
Na schön…
Ruhig Blut, Duckoe! Schleichen wir uns leise an!
Ich bin sicher, wir werden uns handelseinig.
Sie hatten mich beauftragt, die Nummer Eins zu stehlen und zu Ihren Gunsten das Bild zu ersteigern. Und hier ist es!
Grrr!

Nanu, den kenn ich doch! Das ist Kleverton, ein Milliardär aus meiner Heimat!
Noch einer?
Aber inzwischen sieht der Plan anders aus!
Für einhunderttausend Taler lasse ich sie wieder frei! Und ich behalte das Bild!
Niemals, Sie Betrügerin!
Schätze mal, Sie ändern Ihre Meinung bald! Mit ein wenig Überzeugungskraft!
Schluck!
Halt!
Ergeben Sie sich, und her mit der Beute!
Ihr schon wieder! Wie lästig! Ihr verschwindet wohl besser, zusammen mit eurer Skepsis…
…und zwar durch umwerfende Zauberkraft!
ZOOOSCHHH

Ich weiß nicht, wer Sie sind, mein Freund, aber ich weiß, dass wir schleunigst das Weite suchen sollten!
Nun, dieses Weib hat mir zwar den Zweifel angehext, dass Magie wirklich existiert…
…aber genau deshalb war ich vorbereit!
Knob-lauch?!
Aus dieser Entfernung hat das Zeug keinerlei Wirkung auf mich, während ich euch…
…mit einem Zauber-spruch…
FZZZ
E. A. DUCKOE
ZACK
Autsch!
Zum Glück habe ich immer ein Exemplar meines Buches dabei!
Ausgezeichnetes Timing, mein Lieber! Eure Kunst hat wahrhaftig Gewicht!
Juhuu!

Das hätten wir! Und mit ein wenig Prävention müssen wir uns um Madame keine Sorgen mehr machen, ob Hexe oder nicht.
Würden Sie wohl endlich mal in Aktion treten und mich hier losbinden?
Ach was? Genau so ein sympathisches Kaliber wie der alte McDuck.
„Den Verdienst, das Bild wiedergefunden und Madame Gundelin hinter Gitter gebracht zu haben, überließen wir großzügig dem Präfekten…"
„…der sich mit kluger Umsicht an die Spitze der polizeilichen Untersuchung gestellt und so die Aufklärung eines extrem heiklen Falles mit internationalen Verflechtungen ermöglicht hat!"
Der Präfekt kassiert den Ruhm, und wir die nötigen Mittel, um in aller Seelenruhe unsere Studien fortzusetzen…
…und mein neues Buch zu drucken!
T T T
Ihre Methode der Herleitung ist sehr effizient, auch wenn die Lösung des Falles in der Rue du Menue noch aussteht!
Aber nicht mehr lange, mein lieber Duckoe!
KLOPF KLOPF KLOPF
Wie auf Bestellung!
?

Sie hatten die süße Geschenkgarnitur für besondere Naschkatzen geordert?
Ja, danke! Stellen Sie alles auf dem Tisch ab!
Ist denn schon Vesperzeit?
Noch nicht, aber diese Leckereien werden zur Aufklärung des Falles in der Rue du Menue beitragen.
Sie scheinen mir ungläubig, mein Lieber! Aber wenn ich richtig liege, müssen wir nicht lange warten!
Wenn Sie das sagen…
KLOPF KLOPF KLOPF
Ah, sehen Sie!
Tagchen, mein untrügliches Näschen hat mich direkt zu Eurer Tür geführt!
Nur herein, bitte!
Sie?!

Sie sind doch… Prospero, der Besitzer des Schlosses, das in Flammen aufging, genau wie es die Prophezeiung* wollte!
Seufz! Das stimmt! Ihr kamt mir gleich bekannt vor!
*Nachzulesen in den „Erzählungen von Edgar Allan Duckoe“ in diesem Band.
Schluss mit den düsteren Erinnerungen! Bedienen Sie sich!
Prima! Komm, Elvis, legen wir los!
Juh, juh!
Gulp… so was habe ich noch nie gesehen!
Ächz! Ich auch nicht!
SCHMATZ
SCHLECK
MAMPF
Danach…
Schön, Freunde, nach diesem kleinen Häppchen, erzählt uns von euch.
Wir haben noch immer einen Bärenhunger, aber gut…
„Nachdem mein Zuhause in Schutt und Asche lag, war ich völlig mittellos. Also machte ich mich per Schiff auf zu neuen Ufern…“
„Ich verdingte mich zunächst als Smutje, was wie für mich gemacht schien…“
Lecker! Das sind ja Zutaten für ein königliches Mahl!

„Leider kam es zu ein paar Verständigungsproblemen mit der Mannschaft…“
Was, schon wieder dieses saure Matzenbrot? Wir haben doch ganz anderen Proviant an Bord!
Schätze mal, den isst dieses Schlitzohr selber!
Hups!
„…und so musste ich meinen Posten räumen!“
Ab mit dir in den Laderaum!
Seufz!
„Zum Glück schloss ich dort Freundschaft mit Elvis…“
Du bist genauso hungrig, oder? Wenn du wüsstest, welche Leckereien wir an Bord haben!
Elvis
„…einem Affen, genauso ein naschhafter Schelm wie ich.“
Schmatz! Wie hast du das denn angestellt?
„Wir beide wurden unzertrennlich, aber der Mannschaft waren wir seltsamerweise ein Dorn im Auge.“
MAMPF
MAMPF
MAMPF
„In Frankreich wurden wir sang- und klanglos von Bord geschickt.“

Seit wir hier in Paris sind, wandern wir ziellos durch die Straßen der Stadt.
Wenn Sie erlauben, setze ich Ihren Bericht fort!
Bei euren Streifzügen seid ihr auch an den Schaufenstern der Konditorei von Madame La Schneck in der Rue du Menue vorbeigekommen.
„Die Konditorei war um diese Zeit noch geschlossen, aber die Torten, Kuchen und Kekse aus der Backstube verströmten einen unwiderstehlichen Duft…"
Patisserie Madame La Schneck
Schnüffel… Schnief… Welch Aroma!
Juh!
„Und neben dem Duft erschien auch der Anblick höchst verlockend!"
Wann hatte ich je das Glück, solche Meisterwerke bewundern zu dürfen! Schleck!
Juh! Juh!
„Plötzlich kam Elvis auf die Idee, hinauf aufs Dach zu klettern!"
He! W-w-wo willst du hin?
Huch!

„Man kann sich leicht ausmalen, welchen Aufruhr es verursacht hat, als Elvis plötzlich aus dem Kamin gesprungen kam!“
Aaaah!
Juh! Juh! Juh!
Ooohaaa!
„Überraschung und Schrecken waren die Zutaten für das Durcheinander in der Konditorei.“
Ich Ärmste!
So eine Tragödie!
Genau so ist die Sache abgelaufen. Ich habe alles durchs Schaufenster verfolgt. Ein unvergessliches Spektakel…
„…der reinste Horror, muss ich gestehen!“
Aaargh! Die schönen Leckereien…
Bei seinem Rückzug hat Elvis jedenfalls Spuren auf dem Dach hinterlassen. Tortenspuren!

Eine so traurige Geschichte…
Applaus, Duckpin, Ihre analytischen Methoden sind unschlagbar!
Nun, zum guten Schluss hat mir auch der Zufall zur Seite gestanden!
Als ich vorhin die Fenster aufgerissen habe, konnte ich nur hoffen, dass der Duft die naschhaften Missetäter anlocken würde, wenn wir sie mal so nennen wollen. Aber es hat geklappt!
Es tut uns leid! Wir wollten die Damen nicht erschrecken!
Im Gegenteil, wenn wir das irgendwie wiedergutmachen können…
Hm… Euer Vorschlag bringt mich auf eine Idee für mein nächstes Buch.
Und so…
Ein Buch mit Rezepten! Fantastisch, Duckoe!
Der Verkauf zusammen mit den süßen Leckereien läuft wie am Schnürchen.
Was gäbe ich dafür, zu verkosten statt zu verpacken…
ANGEBOT DAS NEUE BUCH VON E.A. DUCKOE
DUCKPINS ABENTEUER
He, die Seiten meines Buches sind nicht zum Einwickeln gedacht! **Schnaub!**
ENDE

GANS GLÜCKLICH!
NEU
LTB 567
Walt Disney
Lustiges Taschenbuch
VIEL GLÜCK!
AB
03.01.
2023
AUCH ALS
eCOMIC!
LTB lustiges-taschenbuch.de
© Disney
Erhältlich im Handel oder unter egmont-shop.de
EGMONT
Shop